会　讲　故　事　的　童　书

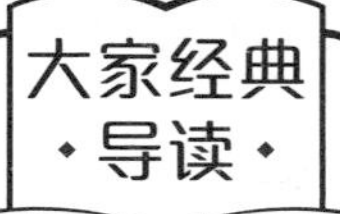

谢冕
主编
泰斗级北大教授
文学理论家

解玺璋
副主编
知名学者、文艺评论家

许地山

作品精读

许地山 | 著

读者出版社

图书在版编目（CIP）数据

许地山作品精读 / 许地山著. -- 兰州 ：读者出版社，2023.11
（大家经典导读 / 谢冕，解玺璋主编）
ISBN 978-7-5527-0732-8

Ⅰ. ①许… Ⅱ. ①许… Ⅲ. ①许地山（1893-1941）—文学欣赏 Ⅳ. ①I206.6

中国国家版本馆CIP数据核字（2023）第059956号

大家经典导读·许地山作品精读
谢　冕　主编
解玺璋　副主编
许地山　著

总 策 划　禹成豪　曹文静
责任编辑　张　远
封面设计　万　聪

出版发行　读者出版社
地　　址　兰州市城关区读者大道568号（730030）
邮　　箱　readerpress@163.com
电　　话　0931-2131529（编辑部）　0931-2131507（发行部）

印　　刷　天津鑫旭阳印刷有限公司
规　　格　开本 880 毫米 × 1230 毫米　1/32
　　　　　印张 6.25　字数 135 千
版　　次　2023 年 11 月第 1 版
　　　　　2023 年 11 月第 1 次印刷
书　　号　ISBN 978-7-5527-0732-8
定　　价　49.80元

如发现印装质量问题，影响阅读，请与出版社联系调换。

目录

许地山作品精读

◆ 注：文中标注波浪线文字为佳句欣赏

梨花

《梨花》是一篇叙事散文，记叙了姊妹两人细雨之中在园里欣赏梨花的情景。姊姊爱怜梨花，妹妹却调皮可爱地摇落梨花，那片片飘落的梨花营造出一种纯洁、浪漫的美好画面。全文不仅营造出意境美，而且在平淡的赏花中让人感受到趣味，触摸到真情，如姊姊的几分怒气、老妈子的唠叨，这样的文字充满着生活气息、人间真情。文章的结尾可谓点睛之笔，采用排比的修辞手法，生动交代了飘落的花瓣去向，“落、印、黏、带、浮、衔”这些动词错落有致，准确形象，值得读者认真地体会、玩味。最后一句“那多情的燕子不屑把鞋印上的残瓣和软泥一同衔在口中，到梁间去，构成他们的香巢”，描绘了多情、勤劳的燕子往来于地面与梁间，为哺育后代构筑巢儿的忙碌景象。这巢儿因有了梨花的清香便成了燕子们爱的“香巢”，让人眼前浮现出春意盎然的景象。

她们还在园里玩，也不理会细雨丝丝穿入她们的罗衣。池边梨花的颜色被雨洗得更白净了。但朵朵都懒懒地垂着。

姊姊说："你看，花儿都倦得要睡了！"

"待我来摇醒它们。"

姊姊不及发言，妹妹的手早已抓住树枝摇了几下。花瓣和水珠纷纷地落下来，铺得银片满地，煞是好玩。

妹妹说："好玩啊，花瓣一离开树枝，就活动起来了！"

"活动什么？你看，花儿的泪都滴在我身上呐。"姊姊说这话时，带着几分怒气，推了妹妹一下。她接着说："我不和你玩了；你自己在这里吧。"

妹妹见姊姊走了，直站在树下出神。停了半晌，老妈子走来，牵着她，一面走着，说："你看，你的衣服都湿透了；在阴雨天，每日要换几次衣服，叫人到哪里找太阳给你晒去呢？"

落下来的花瓣，有些被她们的鞋印入泥中；有些黏在妹妹身上，被她带走；有些浮在池面，被鱼儿衔入水里。那多情

的燕子不屑把鞋印上的残瓣和软泥一同衔在口中，到梁间去，构成他们的香巢。

读与思

“忽如一夜春风来，千树万树梨花开。”挂在枝头的积雪，在唐代边塞诗人岑参的眼中变成一夜盛开的梨花，仿佛和美丽的春天一起到来，一扫边塞的奇寒荒凉。“梨花院落溶溶月，柳絮池塘淡淡风。”院子里，梨花沐浴在如水的月光之中；池塘边，阵阵微风吹来，柳条轻拂，飞絮萦回，北宋诗人晏殊借梨花给我们营造了一个清幽、情致缠绵的意境。本文通过梨花写出了姊妹两人对美好事物的怜惜。你眼中的梨花是什么样子的？你要借梨花表达什么情思？读完这篇文章，请动笔抒写你眼中、心中的梨花吧！

爱的痛苦

许地山是中国现代文学史上颇具传奇色彩的重要作家，他是“五四”时期文学研究会“问题小说”代表作家之一，集聚儒、道家、佛家，基督教文化以及现实主义文化等多重文化于一身，取得了令人瞩目的成就。在他的创作中，弥漫着一种“生本不乐”的悲伤情绪，这源于他浑厚的宗教文化情结和对人生苦难的深刻理解。然而许地山书写苦难，却未陷入苦难，他以平民主义和现实主义特色，直面现实，怀抱信仰，追求理想，成就了独特的生命哲学和文学风格。在许地山的笔下，一切平凡人生的爱，由于种种原因的阻碍都是悲大于喜、苦大于乐。

在绿荫月影底下，朗日和风之中，或急雨飘雪的时候，牛先生必要说他的真言，“啊，拉夫斯偏！”他在三百六十日中，少有不说这话的时候。

暮雨要来，带着愁容的云片，急急飞避；不识不知的蜻蜓还在庭园间遨游着。爱诵真言的牛先生闷坐在屋里，从西窗望见隔院的女友田和正抱着小弟弟玩。

姊姊把孩子的手臂咬得吃紧，擘他的两颊，摇他的身体，又掌他的小腿。孩子急得哭了。姊姊才忙忙地拥抱住他，推着笑说："乖乖，乖乖，好孩子，好弟弟，不要哭。我疼爱你，我疼爱你！不要哭。"不一会孩子的哭声果然停了。可是弟弟刚现出笑容，姊姊又该咬他、擘他、摇他、掌他。

檐前的雨好像珠帘，把牛先生眼中的对象隔住。但方才那种印象，却萦回在他眼中。他把窗户关上，自己一人在屋里踱来踱去。最后，他点点头，笑了一声，"哈，哈！这也是拉夫斯偏！"

他走近书桌子，坐下，提起笔来，像要写什么似的。想了半天，才写上一句七言诗。他念了几遍，就摇头，自己说："不好，不好。我不会作诗，还是随便记些起来好。"

牛先生将那句诗涂掉以后，就把他的日记拿出来写。那天他要记的事情格外多，日记里应用的空格，他在午饭后，早已填满了。他裁了张纸，写着：

黄昏，大雨。田在西院弄她的弟弟，动起我一个感想；就是：人都喜欢见他们所爱者的愁苦；要想方法教所

爱者难受。所爱者越难受，爱者越喜欢，越加爱。

一切被爱的男子，在他们的女人当中，直如小弟弟在田的膝上一样。他们也是被爱者玩弄的。

女人的爱最难给，最容易收回去。当她把爱收回去的时候，未必不是一种游戏的冲动；可是苦了别人。

唉，爱玩弄人的女人，你何苦来这一下！愚男子，你的苦恼，又活该呢？

牛先生写完，复看一遍，又把后面那几句涂去，说：“写得太过了，太过了！”他把那张纸附贴在日记上，正要起身，老妈子把哭着的孩子抱出来，一面说：“姊姊不好，爱欺负人。不要哭，咱们找牛先生去。”

“姊姊打我！”这是孩子所能对牛先生说的话。

牛先生装作可怜的声音，忧郁的容貌，回答说："是吗？姊姊打你吗？来，我看看打到哪步田地？"

孩子受他的抚慰，也就忘了痛苦，安静过来了。现在吵闹的，只剩下外间急雨的声音。

"人都喜欢见他们所爱者的愁苦；要想方法教所爱者难受。所爱者越难受，爱者越喜欢，越加爱。"多么深刻的人生体会。痛并快乐着，你有过类似的生活感悟吗？生命中有什么人，或经历了什么事情才让你有这种生活感悟的？不妨在阅读作家的这篇文章时，移情自己的生活体验，与作者产生共鸣，也许你会收获阅读的快乐。

春的林野

这篇写景记事散文构思新颖奇特，语言清新朴实，通过对春天林野景色的描绘和对孩子们欢乐游戏的速写，表现了美好春光给人们带来的欢愉和希望。文章先写春天的太阳、云、花草和欢叫的鸟儿，表现林野的春色。许地山用了几乎过半的篇幅来描绘一幅色彩斑斓、生机勃勃的“春景图”。接着通过孩子们跟阿桐打赌，逗邕邕动手的情节描写，表现孩子们的快乐和作者在春天的遐想。最后，赞美春天的美好。读完文章，美好的画面在我们脑海中挥之不去，多么希望这一切美好永驻人间。

春光在万山环抱里，更是泄漏得迟。那里的桃花还是开着；漫游的薄云从这峰飞过那峰，有时稍停一会，为的是挡住太阳，教地面的花草在它的荫下避避光的威吓。

岩下的荫处和山溪的旁边满长了薇蕨和其他凤尾草。红、黄、蓝、紫的小草花点缀在绿茵上头。

天中的云雀，林中的金莺，都鼓起它们的舌簧。轻风把它们的声音挤成一片，分送给山中各样有耳无耳的生物。桃花听得入神，禁不住落了几点粉泪，一片一片凝在地上。小草花听得大醉，也和着声音的节拍一会倒一会起，没有镇定的时候。

林下一班孩子正在那里捡桃花的落瓣。他们捡着，清儿忽嚷起来，道："啊，邕邕来了！"众孩子住了手，都向桃林的尽头盼望。果然邕邕也在那里摘草花。

清儿道："我们今天可要试试阿桐的本领了。若是他能办得到，我们都把花瓣穿成一串璎珞围在他身上，封他为大哥如何？"

众人都答应了。

阿桐走到邕邕面前道："我们正等着你来呢！"

阿桐的左手盘在邕邕的脖上，一面走一面说："今天他们要替你办嫁妆，教你做我的妻子。你能做我的妻子吗？"

邕邕狠视了阿桐一下，回头用手推开他，不许他的手再搭在自己脖上。孩子们都笑得支持不住了。

众孩子嚷道："我们见过邕邕用手推人了！阿桐赢了！"

邕邕从来不会拒绝人，阿桐怎能知道一说那话，就能使她动手呢？是春光的荡漾，把他这种心思泛出来呢？或者，天地之心就是这样呢？

你且看：漫游的薄云还是从这峰飞过那峰。

你且听：云雀和金莺的歌声还布满了空中和林中。在这万山环抱的桃林中，除那班爱闹的孩子以外，万物把春光领略得心眼都迷了。

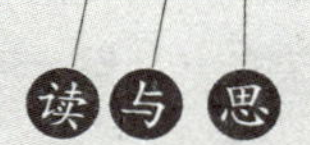

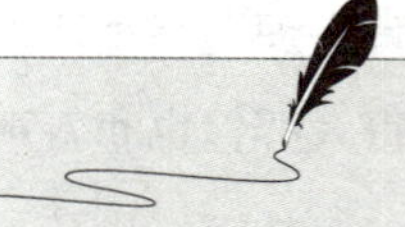

春天，给我们留下的印象都是鸟语花香、生机勃勃。蓝天下、花海间，“一班孩子正在那里捡桃花的落瓣”，这是孩子们的惜春。读到这儿，你是否会想起《红楼梦》里的“黛玉葬花”？这是黛玉的惜春。当你徜徉于大好春光中，你有捡花瓣的经历吗？你有“林花谢了春红，太匆匆”，对世间美好的东西总是稍纵即逝的感慨吗？你眼中的春天是怎样的？你生命中的春天是什么时刻？不妨也学许地山先生用清新自然的文笔写一写。

生

植物龙舌兰生长于世间，历经风雨，受惠万物，而后成为一个生命个体，许地山以此来比喻个人的生命过往，形象而又耐人寻味。生命是一场有去无回的历程，其间的经历——酸、甜、苦、辣，只有自己品味得清楚。渐渐地，不是所有的喜悦都要找人分享；慢慢地，不是所有的悲伤都要找人分担；自说自话，在心底浇灌出花儿来；跌倒爬起，风雨一肩挑。在作者笔下，生命存在着大量的不确定性和冒险性，生命存在的价值便是经历或将要经历的一切，而现在所做的一切都是在为未来做准备。这样，等需要的时候，“他从前学的都吐露出来了”，这就是所说的“厚积薄发”吧！可见作者“善待生命，善待生活”的人生态度。

我的生活好像一棵龙舌兰，一叶一叶，慢慢地长起来。某一片叶在一个时期曾被那美丽的昆虫做过巢穴；某一片叶曾被小鸟们歇在上头歌唱过。现在那些叶子都落掉了！只有瘢（bān）楞的痕迹留在干上，人也忘了某叶曾经显过的样子；那些叶子曾经历过的事迹唯有龙舌兰自己可以记忆得来，可是他不能说给别人知道。

我的生活好像我手里这管笛子。它在竹林里长着的时候，许多好鸟歌唱给它听，许多猛兽长啸给它听，甚至天中的风雨雷电都不时教给它发音的方法。

它长大了，一切教师所教的都纳入它的记忆里。然而它身中仍是空空洞洞，没有什么。

做乐器者把它截下来，开几个气孔，搁在唇边一吹，它从前学的都吐露出来了。

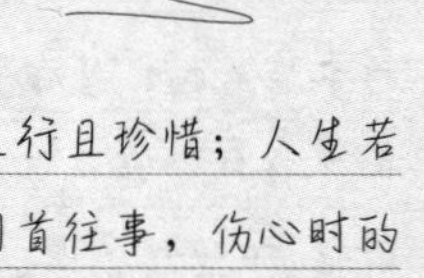

生活不易，我们要好好地努力，且行且珍惜；人生若水，所以我们要充实地走过每一日。回首往事，伤心时的泪，开心时的醉，都因经历过、充实过而难能可贵。你觉得你的生活像什么？你对生活是怎样一种态度？

海

人生之途漫漫，不无生涯的无措和郁闷。作者所要表达的，除了悲天悯人的情绪和诚实的为人外，也有一些对命运的抗争。面对无边无际的大海，个人的力量自然是渺小的，但“坐在一只不如意的救生船里”，不等于束手待毙，也不等于只能随波逐流，“在一切的海里，遇着这样的光景，谁也没有带着主意下来，谁也脱不了在上面泛来泛去。我们尽管划罢”。“尽管划”，就是可能的出路。这抗争，现实而有成效。

我的朋友说：“人的自由和希望，一到海面就完全失掉了！因为我们太不上算，在这无涯浪中无从显出我们有限的能力和意志。”

我说：“我们浮在这上面，眼前虽不能十分如意，但后来要遇着的，或者超乎我们的能力和意志之外。所以在一个风狂

浪骇的海面上，不能准说我们要到什么地方就可以达到什么地方；我们只能把性命先保持住，随着波涛颠来簸去便了。”

我们坐在一只不如意的救生船里，眼看着载我们到半海就毁坏的大船渐渐沉下去。

我的朋友说：“你看，那要载我们到目的地的船快要歇息去了！现在在这茫茫的空海中，我们可没有主意啦。”

幸而同船的人，心忧得很，没有注意听他的话。我把他的手摇了一下说：“朋友，这是你纵谈的时候吗？你不帮着划桨吗？”

“划桨吗？这是容易的事。但要划到哪里去呢？”

我说：“在一切的海里，遇着这样的光景，谁也没有带着主意下来，谁也脱不了在上面泛来泛去。我们尽管划吧。”

很多时候，我们是说得多，做得少；想得多，实施得少。其实，有时候，不必说，不必想，做就可以了。

人生有如幻海沉浮，努力划桨吧！这篇文章启示我们：面对“生本不乐”的现实苦难，如何实现主体精神的自我超越。

落花生

《落花生》的立意很深刻，同时也非常巧妙。它托物言志，深入浅出，言近旨远，使人深受教育与启发。文章用朴实无华的笔调，毫无铺张地叙述童年生活的一个小小片段。从种花生写起，然后收花生、吃花生和议花生，处处扣紧题旨。文章阐述关于做人的道理，所以种、收、吃花生都是略写，只用简洁的文字把这些过程记叙清楚，议花生才是文章的重点。作者由吃花生很自然地引入议花生，并在赞美花生的同时，引出做人的人生哲理，点明题旨"做有用的人，不要做伟大、体面的人"，言简意赅。表明了作者在竞逐高官厚禄、争名夺利、钻营成风的社会恶习下，洁身自好，不慕虚名的思想境界。

我们屋后有半亩隙地。母亲说："让他荒芜着怪可惜，既然你们那么爱吃花生，就辟来做花生园吧！"我们几姊弟和几个小丫头都很喜欢——买种的买种，动土的动土，灌园的灌园；过不了几个月，居然收获了！

妈妈说："今晚我们可以做一个收获节，也请你们爹爹来尝尝我们的新花生，如何？"我们都答应了。母亲把花生做成好几样的食品，还吩咐这节期要在园里的茅亭举行。

那晚上的天色不大好，可是爹爹也到来，实在很难得！爹爹说："你们爱吃花生吗？"

我们都争着答应："爱！"

"谁能把花生的好处说出来？"

姊姊说："花生的气味很美。"

哥哥说："花生可以制油。"

我说："无论何等人都可以用贱价买它来吃，都喜欢吃它。这就是它的好处。"

爹爹说："花生的用处固然很多，但有一样是很可贵的。这小小的豆不像那好看的苹果、桃子、石榴，把它们的果实悬在枝上，鲜红嫩绿的颜色，令人一望而发生羡慕的心。它只把果子埋在地底，等到成熟，才容人把它挖出来。你们偶然看见一棵花生瑟缩地长在地上，不能立刻辨出它有没有果实，非得等到你接触它才能知道。"

我们都说："是的。"母亲也点点头。爹爹接下去说："所以你们要像花生，因为它是有用的，不是伟大、好看的东西。"我说："那么，人要做有用的人，不要做伟大、体面的人了。"

爹爹说："这是我对于你们的希望。"

我们谈到夜阑才散，所有花生食品虽然没有了，然而父亲的话现在还印在我心间上。

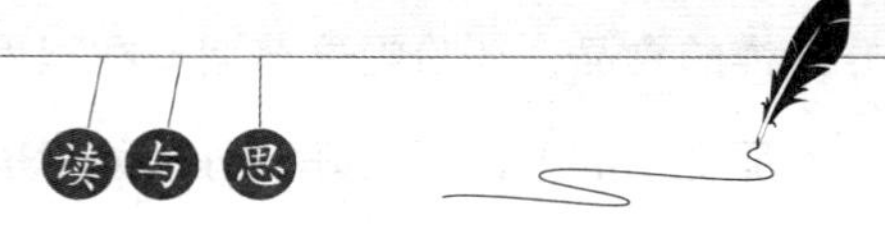

《落花生》问世以来一直为人们所喜爱，你想过是什么原因吗？

其一是它深刻的主旨，"做有用的人，不要做伟大、体面的人"。想想，如果我们都做到了，社会上将会少多少无真才实学、徒有虚名的人，会少多少标有"政绩"而无实用的形象工程。

其二是它的语言清新自然，朴实含蓄。既没有冗长的叙述，也没有铺张的描写，作者只用一支白描的笔，娓娓地叙谈往事，勾勒了几个人物，通过人物的对话塑造独特的个性。母亲温和善良、勤劳朴实；姐弟们天真活泼，质朴单纯；父亲循循善诱，慈爱严正。虽然每个人说的话都只三言两语，但人物都写得栩栩如生，跃然纸上。这种朴素的语言，是真正的美在一种极其和谐自然的形式中的流露，是朴素与优美的辩证统一。读完这篇文章，无论是从做人或是从写作上，都对你有所启发吧？试着写一篇读后感吧！

公理战胜

许地山生活在一个传统文化氛围浓厚的家庭，所以骨子里有一种悲天悯人的情怀。现实的苦难、战争的蹂躏促使他思考这些社会动荡给一个个生命个体带来的伤害。在这篇文章中，作家将庆祝战争胜利的烟花比作“地狱的火焰”，他认为战争的双方无论谁胜谁负，谁是所谓的“公理”都不重要，那些为此而失去了生的权利的生命个体才是最值得惋惜的，“所以我们今晚来，不是要趁热闹，乃是要凭吊那班愚昧可怜的牺牲者”。许地山不回避，不掩饰，勇敢地表达他的生命意识和“贵生”思想，这也是他的作品穿越一切时空的价值所在。

那晚上要举行战胜纪念第一次的典礼，不曾尝过战苦的人们争着要尝一尝战后的甘味。式场前头的人，未到七点钟，早就挤满了。

那边一个声音说："你也来了！你可是为庆贺公理战胜来的？"这边随着回答道："我只来瞧热闹，管他公理战胜不战胜。"

在我耳边恍惚有一个说话带乡下土腔地说："一个洋皇上生日倒比什么都热闹！"

我的朋友笑了。

我郑重地对他说："你听这愚拙的话，倒很入理。"

"我也信——若说战神是洋皇帝的话。"

人声、乐声、枪声和等等杂响混在一处，几乎把我们的耳鼓震裂了。我的朋友说："你看，那边预备放烟花了，我们过去看看吧。"

我们远远站着，看那红、黄、蓝、白诸色火花次第地冒上来。"这真好，这真好！"许多人都是这样颂扬，但这是不是颂扬公理战胜？

旁边有一个人说："你这灿烂的烟花，何尝不是地狱的火焰？若是真有个地狱，我想其中的火焰也是这般好看。"

我的朋友低声对我说："对呀，这烟花岂不是从纪念战死的人而来的？战死的苦我们没有尝到，由战死而显出来的地狱火焰我们倒看见了。"

我说："所以我们今晚的来，不是要趁热闹，乃是要凭吊那班愚昧可怜的牺牲者。"

谈论尽管谈论，烟花还是一样地放。我们的声音常是沦没在沸腾的人海里。

在我国古代典籍中，就有许多尊重生命、爱护生命的“贵生”思想，如《吕氏春秋·仲春纪·贵生》篇中有：“云深虑天下，莫贵于生。”在西方，法国著名哲学家史怀泽提出了影响深远的“敬畏生命”的生态伦理学思想。今天重温许地山先生的这篇文章，你对个体生命又有怎样的认知？

光的死

◇◇◇

许地山有多部散文作品描写死亡给人带来的抑郁和悲伤。在许地山看来，一方面，作为情感动物的人不能理性地看待生老病死这一自然规律；另一方面，正常的生命意志往往又受到人性堕落、道德沦丧等社会机制的压制和戕害。所以，死亡给人带来的抑郁和悲哀成为生命中不可避免的因素。“光”是孤独的施爱者，它得到“一切能思维、能造作的灵体”的同情，或避开或诅咒，却没有得到爱与理解，“你们从没有在我面前做过我曾为你们做的事。你们没有接纳我，也没有……”而这恰恰是“光”期望的。这种孤独和伤心，加上它力量的不足，使它“浸入水里”死去。《光的死》中阳光是抑郁的，通过阳光与其母亲对话这一想象，说明人世间爱的意识的缺乏，揭露了世人的冷酷和悲哀。

光离开他的母亲去到无量无边、一切生命世界上。因为他走的时候脸上常带着很忧郁的容貌，所以一切能思维、能造作的灵体也和他表同情；一见他，都低着头容他走过去，甚至带着泪眼避开他。

光因此更烦闷了。他走得越远，力量越不足；最后，他躺下了。他躺下的地方，正在这块大地。在他旁边有几位聪明的天文家互相议论说："太阳的光，快要无所附丽了，因为她冷死的时期一天近似一天了。"

光垂着头，低声诉说："唉，诸大智者，你们为何净在我母亲和我身上担忧？你们岂不明白我是为饶益你们而来吗？你们从没有在我面前做过我曾为你们做的事。你们没有接纳我，也没有……"

他母亲在很远的地方，见他躺在那里叹息，就叫他回去说："我的命儿，我所爱的你回来吧。我一天一天任你自由地离开我，原是为众生的益处，他们既不承受，你何妨回来？"

光回答说："母亲我不能回去了。因为我走遍了一切世界，遇见一切能思维、能造作的灵体，到现在还没有一句话能够对你回报的。不但如此，这里还有人正诅咒我们！我哪有面目回去呢？我就安息在这里吧！”

他的母亲听见这话，一种幽沉的颜色早已现在脸上。他从地上慢慢走到海边，带着自己的身体、威力，一分一厘地浸入水里。母亲也跟着晕过去了。

为众生受益而游走于人世，但是光得到的是不理解甚至是诅咒。尽管这样，光还是拒绝回到母亲的温暖怀抱，即使牺牲生命也在所不惜。最后“带着自己的身体、威力，一分一厘地浸入水里”，平静地走向死亡。你阅读的文学作品中，有这样的文学形象吗？重温许地山的《光的死》，我们是否应该有这样的感想：为众人抱薪者，不可使其冻毙于风雪；为苍生治水者，不可使其沉溺于湖海。这也许是我们重读这部作品的现实意义吧。

美的牢狱

在现实生活面前，许地山虽然承认现实黑暗、痛苦，但面对这种“必然的现象”，他说：“我只希望不要循环地做，要向上做。”这种沉稳、坦然、向上的心境也表现在作品的人物身上。《美的牢狱》通过夫妻对话说明“美”并不是人造的“牢狱”，阐释了“要照你的好理想去行事”的人生道理，也体现了创造幸福生活的愿望和设想。

嫕求正在镜台边理她的晨妆，见她的丈夫从远地回来，就把头拢住，问道：“我所需要的你都给带回来了没有？”

“对不起！你虽是一个建筑师，或泥水匠，能为你自己建筑一座‘美的牢狱’；我却不是一个转运者，不能为你搬运等等材料。”

“你念书不是念得越糊涂，便是越高深了！怎么你的话，

我一点也听不懂？”

丈夫含笑说：“不懂吗？我知道你开口爱美，闭口爱美，多方地要求我给你带等等装饰回来；我想那些东西都围绕在你的体外，合起来，岂不是成为一座监禁你的牢狱吗？”

她静默了许久，也不作声。她的丈夫往下说：“妻呀，我想你还不明白我的意思：我想所有美丽的东西，只能让它们散布在各处，我们只能在它们的出处爱它们；若是把它们聚拢起来，搁在一处，或在身上，那就不美了……”

她睁着那双柔媚的眼，摇着头说：“你说得不对，你说得不对。若不剖蚌，怎能得着珠玑呢？若不开山，怎能得着金刚、玉石、玛瑙等等宝物呢？而且那些东西，本来不美，必得人把它们琢磨出来，加以装饰，才能显得美丽。若说我要装饰，就是建筑一所美的牢狱，且把自己监在里头，且问谁不被监在这种牢狱里头呢？如果世间真有美的牢狱，像你所说，那么，我们不过是造成那牢狱的一沙一石罢了。”

“我的意思就是听其自然，连这一沙一石也无须留存。孔雀为何自己修饰羽毛呢？芰荷何尝把它的花染红了呢？”

“所以说它们没有美感！我告诉你，你自己也早已把你的牢狱建筑好了。”

“胡说！我何曾？”

“你心中不是有许多好的想象；不是要照你的好理想去行事吗？你所有的，是不是从古人曾经建筑过的牢狱里拣出其中的残片！或是在自己的世界取出来的材料呢？自然要加上一点人为才能有意思。若是我的形状和荒古时候的人一样，你还爱我吗？我准敢说，你若不好好地住在你的牢狱里头，且不时时把牢狱的墙垣垒得高高的，我也不能爱你。”

刚愎的男子，你何尝佩服女子的话？你不过会说：“就是你会说话！等我思想一会儿，再与你决战。”

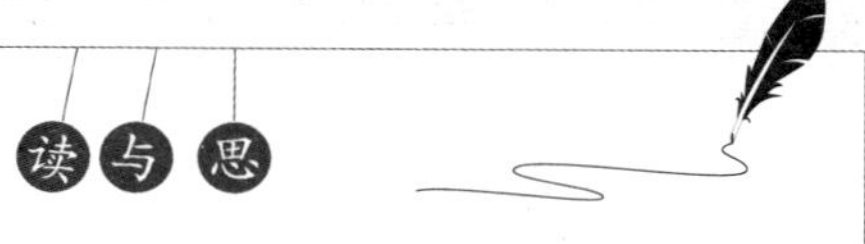

只要相信自己做的事情是向美向善的，那就坚持下去，走到底。世间的一切美的创造是否都带有这种执着？

暾将出兮东方

在作品中，“我”回答啸虚的一段话明确表明万物等齐、无差别的观点：“本来，黑暗是不足诅咒，光明是无须赞美的。光明不能增益你什么，黑暗不能妨害你什么，你以何因缘而生出差别心来？若说要赞美的话：在早晨就该赞美早晨；在日中就该赞美日中；在黄昏就该赞美黄昏；在长夜就该赞美长夜；在过去、现在、将来一切时间，就该赞美过去、现在、将来一切时间。说到诅咒，亦复如是。”作者把一切归为寂灭，万事万物皆处于无因无果、亦因亦果的状态，这是一种唯心主义的观点，更不符合世间事物的发展规律。这是我们今天重读这篇作品要注意“扬弃”的。

在山中住，总要起得早，因为似醒非醒地眠着，是山中各样的朋友所憎恶的。破晓起来，不但可以静观彩云的变幻，和细听鸟语的婉转；有时还从山巅、树表、溪影、村容之中给我们许多不可说的愉快。

我们住在山压担牙阁里，有一次，在曙光初透的时候，大家还在床上眠着，耳边恍惚听见一队童男女的歌声，唱道：

榻上人，应觉悟！
晓鸡频催三两度。
君不见——
"暾将出兮东方"，
微光已透前村树？
榻上人，应觉悟！

往后又跟着一节和歌：

暾将出兮东方！
暾将出兮东方！
会见新曦被四表，
使我乐兮无央。

那歌声还接着往下唱，可惜离远了，不能听得明白。

啸虚对我说："这不是十年前你在学校里教孩子唱的吗？怎么会跑到这里唱起来？"

我说："我也很诧异，因为这首歌，连我自己也早已忘了。"

"你的暮气满面，当然会把这歌忘掉。我看你现在要用赞美光明的声音去赞美黑暗。"

我说："不然，不然。你何尝了解我？本来，黑暗是不足诅咒，光明是无须赞美的。光明不能增益你什么，黑暗不能妨害你什么，你以何因缘而生出差别心来？若说要赞美的话：在早晨就该赞美早晨；在日中就该赞美日中；在黄昏就该赞美黄昏；在长夜就该赞美长夜；在过去、现在、将来一切时间，就该赞美过去、现在、将来一切时间。说到诅咒，亦复如是。"

那时，朝曦已射在我们脸上，我们立即起来，计划那日的游程。

"暾将出兮东方，照吾槛兮扶桑"出自屈原的古诗作品《九歌·东君》，不妨找来对比阅读，并思考屈原借祭祀太阳神的颂歌要表达什么思想感情？

补破衣的老妇人

◇◇◇

受道家“人与物齐”和佛家“众生平等”观念的影响，许地山用一种平等和宽容的胸怀去看待世界和拥抱世界。作者刻画了一位处在社会最底层的劳动妇女的形象，她生活异常艰辛，“那脸上的皱纹虽皱得更厉害，然而生的痛苦可以从那里挤出许多”，但她脸上有笑容，“表明她是一个享乐天年的老婆子”。文中的父亲从事脑力方面的工作，作者借他口说：“我们所为，原就和你一样，东搜西罗，无非是些绸头、布尾，只配用来补补破衲袄罢了”，在这里，人没有尊卑贵贱之分，知识也不再崇高，所有的劳动不过是伴随生命的形式罢了。

从许地山的劳作“补缀”意象中，我们可以看到，作者对生命悲剧本质的透彻认识，对生命价值的独特理解，对人生命运不公与黑暗的体悟。

她坐在檐前，微微的雨丝飘摇下来，多半聚在她脸庞的皱纹上头。她一点也不理会，尽管收拾她的筐子。

在她的筐子里有很美丽的零剪绸缎，也有很粗陋的麻头、布尾。她从没有理会雨丝在她头、面、身体之上乱扑，只提防着筐里那些好看的材料沾湿了。

那边来了两个小弟兄。也许他们是学校回来。小弟弟管她叫作“衣服的外科医生”，现在见她坐在檐前，就叫了一声。

她抬起头来，望着这两个孩子笑了一笑。那脸上的皱纹虽皱得更厉害，然而生的痛苦可以从那里挤出许多，更能表明她是一个享乐天年的老婆子。

小弟弟说：“医生，你只用筐里的材料在别人的衣服上，怎么自己的衣服却不管了？你看你肩脖补的那一块又该掉下来了。”

老婆子摩一摩自己的肩脖，果然随手取下一块小方布来。她笑着对小弟弟说：“你的眼睛实在精明！我这块原没有用线缝住。因为早晨忙着要出来，只用浆子暂时糊着，盼望晚上回去弥补，不提防雨丝替我揭起来了！……这揭得也不错。我，既如你所说，是一个衣服的外科医生，那么，我是不怕自己的衣服害病的。”

她仍是整理筐里的零剪绸缎，没理会雨丝零落在她身上。

哥哥说：“我看爸爸的手册里夹着许多的零剪[1]文件。他

[1] 编者注：从各种地方剪下来的。

也是像你一样，不时地翻来翻去。他……”

弟弟插嘴说：“他也是另一样的外科医生。”

老婆子把眼光射在他们身上，说：“哥儿们，你们说得对了。你们的爸爸爱惜小册里的零碎文件，也和我爱惜筐里的零剪绸缎一般。他凑合多少地方的好意思，等用得着时，就把他们编连起来，成为一种新的理解。所不同的，就是他用的头脑，我用的只是指头便了。你们叫他做……”

说到这里，父亲从里面出来，问起事由，便点头说：“老婆子，你的话很中肯。我们所为，原就和你一样，东搜西罗，无非是些绸头、布尾，只配用来补补破衲袄罢了。”

父亲说完，就下了石阶，要在微雨中到葡萄园里，看看他的葡萄长芽了没有。这里孩子们还和老婆子争论着要号他们的爸爸做什么样医生。

生命是有缺陷的，我们所做的无非就是“东搜西罗，无非是些绸头、布尾，只配用来补补破衲袄罢了”。作者更看重补缀的承担。

劳作不只“有用”，更是一种对生命的享受和沉醉，是一种生命方式的存在。劳动具有对人性沦丧、道德崩溃的拯救作用。读完作品，你怎样看待我们生命中的劳作？

银翎的使命

本文主要叙述了一个包办婚姻的爱情悲剧。作者却通过飞鸽传书、游鱼戏水、在山花盛开的地方为信鸽银翎修建坟茔等具有诗情画意的情节来叙述。将悲剧放在美好的事物中叙述，激发了读者的悲悯之心。所以有人评论说，许地山的作品体现了“悲而不伤”的人文情怀。

黄先生约我到狮子山麓阴湿的地方去找捕蝇草。那时刚过梅雨之期，远地青山还被烟霞蒸着，唯有几朵山花在我们眼前淡定地看那在溪涧里逆行的鱼儿喋着他们的残瓣。

我们沿着溪涧走。正在找寻的时候，就看见一朵大白花从上游顺流而下。我说：“这时候，哪有偌大的白荷花流着呢？”

我的朋友说：“你这近视鬼！你准看出那是白荷花吗？我看那是……”

说时迟，来时快，那白的东西已经流到我们跟前。黄先生急把采集网拦住水面；那时，我才看出是一只鸽子。他从网里把那死的飞禽取出来，诧异说：“是谁那么不仔细，把人家的传书鸽打死了！”他说时，从鸽翼下取出一封来长的小信来。那信已被水浸透了，我们慢慢把它展开，披在一块石上。

“我们先看看这是从哪里来，要寄到哪里去的，然后给他寄去，如何？”我一面说，一面看着。但那上头不特地址没有，甚至上下的款识也没有。

黄先生说：“我们先看看里头写的是什么，不必讲私德了。”

我笑着说：“是，没有名字的信就是公的，所以我们也可以披阅一遍。”

于是我们一同念着：

你教昆儿带银翎、翠翼来，吩咐我，若是它们空着回去，就是我还平安的意思。我恐怕他知道，把这两只小宝贝寄在霞妹那里；谁知道前天她开笼搁饲料的时候，不提防把翠翼放走了！

嗳，爱者，你看翠翼没有带信回去，定然很安心，以为我还平安无事。我也很盼望你常想着我的精神和去年一样。不过现在不能不对你说的，就是过几天人就要把我接去了！我不得不叫你速速来和他计较。你一来，什么事都好办了，因为他怕的是你和他讲理。

嗳，爱者，你见信以后，必得前来，不然，就见我不着，以后只能在累累荒冢中读我的名字了，这不是我不等你，时间不让我等你哟！

我盼望银翎平平安安地带着它的使命回去。

我们念完，黄先生道：“这是怎么一回事？”

“谁能猜呢？反正是不幸的事罢了。现在要紧的，就是怎样处置这封信。我想把它贴在树上，也许有知道这事的人经过这里，可以把它带去。”我摇着头，且轻轻地把信揭起。

黄先生说：“不如拿到村里去打听一下，或者容易找出一点线索。”

我们商量之下，就另抄一张起来，仍把原信系在鸽翼底下。黄先生用采掘锹子在溪边挖了一个小坑，把鸽子葬在里头。回头为它立了一座小碑，且从水中淘出几块美丽的小石压在墓上。那墓就在山花盛开的地方，我一翻身，就把些花瓣摇下来，也落在这使者的墓上。

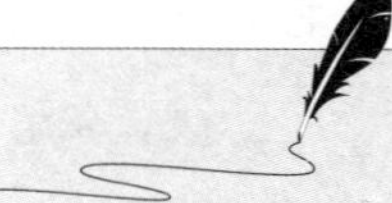

文章是怎样叙述女主人公的故事的？这样写有什么好处？有评论说，许地山的作品体现了“悲而不伤”的人文情怀，结合本文谈谈你的理解吧！

乡曲的狂言

这篇文章可以说是以“奇谈”取胜。隆哥说城里的“疯人院，是造就这种疯子的”。对“疯人院”作如此理解，就够新奇的了。但“我的朋友”却说“我们才疯”，而那个真疯子，“他并不疯”。这更是出人意料的“奇谈”了。然而，“朋友”却讲出了一番“疯”与“不疯”的道理，他那些话却也不好以“怪论”视之。因为从想说什么说什么、想做什么做什么来说，那“疯子”的确应算得“诚实”和“正常”。而我们一般正常人，却顾虑重重，想说不敢说，想做不敢做，心里想的和说的、做的是两码事，倒不诚实不正常起来，这不是“疯”了吗？当然，问题不在疯不疯本身，而在借此所发的感慨。人，本应是诚实、言行如一的，但由于种种原因，使人失掉了诚实和坦率，一个个成了被扭曲了性格的人。这就是作者所感慨的事。

在城市住久了，每要害起村庄的相思病来。我喜欢到村庄去，不单是贪玩那不染尘垢的山水，并且爱和村里的人攀谈。我常想着到村里听庄稼人说两句愚拙的话语，胜过在都邑里领受那些智者的高谈大论。

这日，我们又跑到村里拜访耕田的隆哥。他是这小村的长者，自己耕着几亩地，还有一所菜园。他的生活倒是可以羡慕的。他知道我们不愿意在他矮陋的茅茆里，就让我们到篱外的瓜棚底下坐坐。

横空的长虹从前山的凹处吐出来，七色的影印在清潭的水面。我们正凝神看着，蓦然听得隆哥好像对着别人说："冲那边走吧，这里有人。"

"我也是人，为何这里就走不得？"我们转过脸来，那人已站在我们跟前。那人一见我们，应行的礼，他也懂得。我们问过他的姓名，请他坐。隆哥看见这样，也就不作声了。

我们看他不像平常人，但他有什么毛病，我们也无从说起。他对我们说："自从我回来，村里的人不晓得当我做个什么？我想我并没有坏意思，我也不打人，也不叫人吃亏，也不占人便宜，怎么他们就这般地欺负我——连路也不许我走？"

和我同来的朋友问隆哥说："他的职业是什么？"隆哥还没作声，他便说："我有事做，我是有职业的人。"说着，便从口袋里掏出一本小折子来，对我的朋友说："我是做买卖的。我做了许久了，这本折子里所记的账不晓得是人该我的，还是

我该认的，我也记不清楚，请你给我看看。”他把折子递给我的朋友，我们一同看，原来是同治年间的废折！我们忍不住大笑起来，隆哥也笑了。

隆哥怕他招笑话，想法子把他哄走。我们问起他的来历，隆哥说他从少在天津做买卖，许久没有消息，前几天刚回来的。我们才知道他是村里新回来的一个狂人。

隆哥说：“怎么一个好好的人到城市里就变成一个疯子回来？我听见人家说城里有什么疯人院，是造就这种疯子的。你们住在城里，可知道有没有这回事？”

我回答说：“笑话！疯人院是人疯了才到里边去，并不是把好好的人送到那里教疯了放出来的。”

“既然如此，为何他不到疯人院里住，反跑回来，到处骚扰？”

“那我可不知道了。”我回答时，我的朋友同时对他说：“我们也是疯人，为何不到疯人院里住？”

隆哥很诧异地问：“什么？”

我的朋友对我说：“我这话，你说对不对？认真说起来，我们何尝不狂？要是方才那人才不狂呢？我们心里想什么，口又不敢说，手也不敢动，只会装出一副脸孔，倒不如他想说什么便说什么，想做什么就做什么，那分诚实，是我们做不到的。我们若想起我们那些受拘束而显出来的动作，比起他那真诚的自由行动，岂不是我们倒成了狂人？这样看来，我们才疯，他并不疯。”

隆哥不耐烦地说：“今天我们都发狂了，说那个干什么？我们谈别的吧。”

瓜棚底下闲谈，不觉把印在水面长虹惊跑了。隆哥的儿子赶着一对白鹅向潭边来。我的精神又贯注在那纯净的家禽身上。鹅见着水也就发狂了，它们互叫了两声，便拍着翅膀趋入水里，把静明的镜面踏破。

读与思

《乡曲的狂言》对人心的虚伪进行了深刻的讽刺。这种讽刺，作者不是通过小说和论文的形式表现出来，而是通过随笔这种特殊的形式，于无意中以“闲笔”出之，读来耐人寻味。法国作家莫泊桑的短篇小说《羊脂球》也揭露了人性虚伪面具下隐藏的腐朽肮脏的灵魂，不妨找来一读。

海世间

《海世间》是一篇带有奇幻色彩的微小说。作者用一千多字的篇幅，带着嘲弄的笔调为读者营造了一个幻灭不灭的人间世界。在小说的开篇，一句“我们的人间只有在想象或淡梦中能够实现罢了”，是对现实世界清醒的认识，同时也奠定了小说的基调。一群人坐上一艘载重一万二千吨的小船，进入到自然的海洋，便以为摆脱了人类社会的桎梏，可以享受快乐无忧的潜龙生活。可是这艘小船载得动的是看得见的重量，而看不见的每个人身上的种种“受、想、行、识”也随着人上了小船，无形无边压得小船两边摇荡。为了减轻小船的负担，使船安全行驶，众人想出的妙计是各人把这些“受、想、行、识”都吐出来。人世间的“受、想、行、识”已经深入到了灵魂，沉重得连轻烟都负载不了。作者化为文鳐，试图再次点醒人们：既想追求新世界，一个自然、自由、和谐美好的人间，然而许多多情的人骨子里的奴性依旧弃不掉。

我们的人间只有在想象或淡梦中能够实现罢了。一离了人造的海上社会，心里便想到之后我们要脱离等等社会律的桎梏，来享受那乐行忧违的潜龙生活。谁知道一上船，那人造人间所存的受、想、行、识，都跟着我们入了这自然的海洋！这些东西，比我们的行李还多，把这一万二千吨的小船压得两边摇荡。同行的人也知道船载得过重，要想一个好方法，让它的负担减轻一点，但谁能有出众的慧思呢？想来想去，只有吐些出来，此外更无何等妙计。

这方法虽是很平常，然而船却轻省得多了。这船原是要到新世界去的，可是新世界未必就是自然的人间。在水程中，虽然把衣服脱掉了，跳入海里去学大鱼的游泳，也未必是自然。要是闭眼闷坐着，还可以有一点勉强的自在。

船离陆地远了，一切远山疏树尽化行云。割不断的轻烟，缕缕丝丝从烟囱里舒放出来，慢慢地往后延展。故国里，想是有人把这烟揪住吧。不然就是我们之中有些人的离情凝结了，

乘着轻烟家去。

呀！他的魂也随着轻烟飞去了！轻烟载不起他，把他摔下来。堕落的人连浪花也要欺负他，将那如弹的水珠一颗颗射在他身上。他几度随着波涛浮沉，气力有点不足，眼看要沉没了，幸而得文鳐的哀怜，展开了帆鳍搭救他。

文鳐说："你这人太笨了，热火燃尽的冷灰，岂能载得你这焰红的情怀？我知道你们船中定有许多多情的人儿，动了乡思。我们一队队跟船走，又飞又泳，指望能为你们服务，不料你们反拍着掌笑我们，驱逐我们。"

他说："你的话我们怎能懂得呢？人造的人间的人，只能懂得人造的语言罢了。"

文鳐摇着他口边那两根短须，装作很老成的样子，说："是谁给你分别的，什么叫人造人间，什么叫自然人间？只有你心里妄生差别便了。我们只有海世间和陆世间的分别，陆世间想你是经历惯的，至于海世间，你只能从想象中理会一点。你们想海里也有女神，五官六感都和你们一样，戴的什么珊瑚、珠贝，披的什么鲛纱、昆布。其实这些东西，在我们这里并非稀奇难得的宝贝。而且一说人的形态便不是神了。我们没有什么神，只有这蔚蓝的盐水是我们生命的根源。可是我们生命所从出的水，于你们反有害处。海水能夺去你们的生命。若说海里有神，你应当崇拜水，无须再造其他的偶像。"

他听得呆了，双手扶着文鳐的帆鳍，请求他领他到海世间去。文鳐笑了，说：“我明说水中你是生活不得的，你不怕丢了你的生命吗？”

他说：“下去一分时间，想是无妨的。我常想着海神的清洁、温柔、娴雅等等美德；又想着海底的花园有许多我不曾见过的生物和景色，恨不得有人领我下去一游。”

文鳐说：“没有什么，没有什么，不过是咸而冷的水罢了，海的美丽就是这么简单——冷而咸。你一眼就可以望见了。何必我领你呢？凡美丽的事物，都是这么简单的。你要求它多么繁复、热烈，那就不对了。海世间的生活，你是受不惯的，不如送你回船上去吧。”

那鱼一振鳍，早离了波阜，飞到舷边。他还舍不得回到这真是人造的陆世界来，眼巴巴只怅望着天涯，不信海就是方才所听情况。从他想象里，试要构造些海底世界的光景。他的海中景物真个实现在他梦想中了。

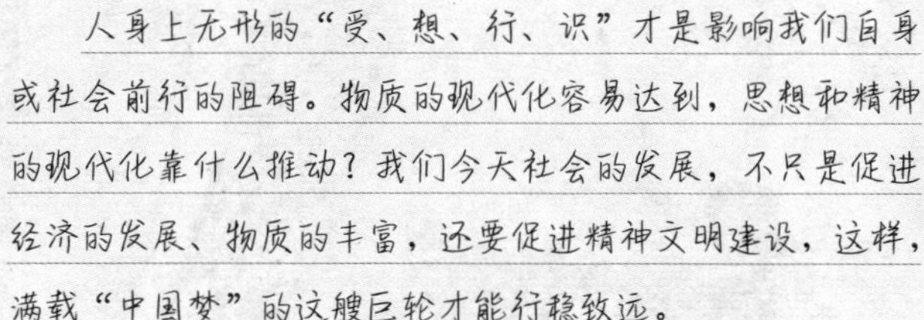

人身上无形的“受、想、行、识”才是影响我们自身或社会前行的阻碍。物质的现代化容易达到，思想和精神的现代化靠什么推动？我们今天社会的发展，不只是促进经济的发展、物质的丰富，还要促进精神文明建设，这样，满载“中国梦”的这艘巨轮才能行稳致远。

再会

《再会》叙述了两位老人不同的人生经历，他们年轻时相爱，终没有得到终成眷属的完美结局，但他们理性地接受这多变的生活，坦然地接受这残酷的现实。在他们看来“境遇虽然一个一个排列在面前，容我们有机会选择，有人选得好，有人选得歹，可是选定以后，就不能再选了”，言外之意是：选择了什么，就坦然地、无怨无悔地应对什么。另外，作者通过人们并不经意的生活琐事捕捉典型案例，寄托他对人生的思考和关爱。

靠窗棂坐着那位老人家是一位航海者，刚从海外归来的。他和萧老太太是少年时代的朋友，彼此虽别离了那么些年，然而他们会面时，直像忘了当中经过的日子。现在他们正谈起少年时代的旧话。

“蔚明哥，你不是二十岁的时候出海的吗？”她屈着自己的指头，数了一数，才用那双被阅历染浊了的眼睛看着她的朋友友说：“呀，四十五年就像我现在数着指头一样地过去了！”

老人家把手捋一捋胡子，很得意地说：“可不是！……记得我到你家辞行那一天，你正在园里饲你那只小鹿。我站在你身边一棵正开着花的枇杷树下，花香和你头上的油香杂窜入我的鼻中。当时，我的别绪也不晓得要从哪里说起，但你只低头抚着小鹿。我想你那时也不能多说什么，你竟然先问一句‘要等到什么时候我们再能相见呢？’我就慢答道：‘无须多少时候。’那时，你……”

老太太接着说：“那时候的光景我也记得很清楚。当你说这句的时候，我不是说‘要等再相见时，除非是黑墨有洗得白的时节’。哈哈！你去时，那缕漆黑的头发现在岂不是已被海水洗白了吗？”

老人家摸摸自己的头顶，说：“对啦！这也算应验呐！可惜我见不着芳哥，他过去多少年了？”

“唉，久了！你看我已经抱过四个孙儿了。”她说时，看着窗外几个孩子在瓜棚下玩，就指着那最高的孩子说，“你看鼎儿已经十二岁了，他公公就在他弥月后去世的。”

他们谈话时，丫头端了一盘牡蛎煎饼来。老太太举手让着蔚明哥说：“我定知道你的嗜好还没有改变，所以特地为你做这东西。”

“你记得我们少时，你母亲有一天做这样的饼给我们吃。你拿一块，吃完了才嫌饼里的牡蛎少，助料也不及我的多，闹着要把我的饼抢去。当时，你母亲说了一句话，教我常常忆起，就是：‘好孩子，算了吧。助料都是搁在一起掺匀的。做的时候，谁有工夫把分量细细去分配呢？这自然是免不了有些多，有些少的，只要饼的味道好就够了。你所吃的原不定就是为你做的，可是你已经吃过，就不能再要了。’蔚明哥，你说末了这话多么感动我呢！拿这个来比我们的境遇吧：境遇虽然一个一个排列在面前，容我们有机会选择，有人选得好，有人选得歹，可是选定以后，就不能再选了。”

老人家拿起饼来吃，慢慢地说：“对啦！你看我这一生净在海面生活，生活极其简单，不像你这么繁复，然而我还是像当时吃那饼一样——也就饱了。”

“我想我老是多得便宜。我的‘境遇的饼’虽然多一些助料，也许好吃一些，但是我的饱足是和你一样的。”

谈旧事是多么开心的事！看这光景，他们像要把少年时代的事迹一一回溯一遍似的。但外面的孩子们不晓得因什么事闹起来，老太太先出去做判官，这里留着一位矍铄的航海者静静地坐着吃他的饼。

人生在世，荣辱得失、是非成败终难预料，用达观的人生态度或许可以让我们活得更洒脱点儿。读完这篇文章，掩卷深思，我们是否叩问：怎样才能做到宠辱不惊？怎样才能使精神超脱肉体之上，“咏而归”？

疲倦的母亲

文章中，母亲的疲倦和孩子的雀跃形成鲜明的对比，使人想到养育孩子的辛劳和孩子成长的快乐，体会到母亲的不易。这种场景过去有，现在有，将来也还会有。作者虽用白描手法，语言质朴无华，但读来有一种动人心魄的力量。

那边一个孩子靠近车窗坐着，远山，近水，一幅一幅，次第嵌入窗户，射到他的眼中。他手画着，口中还咿咿呀呀地，唱些没字曲。

在他身边坐着一个中年妇人，低着头瞌睡。孩子转过脸来，摇了她几下，说：“妈妈，你看看，外面那座山很像我家门前的呢。”

母亲举起头来，把眼略睁一睁，没有出声，又支着颐睡去。

过一会，孩子又摇她，说："妈妈，'不要睡吧，看睡出病来了。'你且睁一睁眼看看外面八哥和牛打架呢。"

母亲把眼略略睁开，轻轻打了孩子一下，没有作声，又支着头睡去。

孩子鼓着腮，很不高兴。但过一会，他又唱起来了。

"妈妈，听我唱歌吧。"孩子对着她说了，又摇她几下。

母亲带着不喜欢的样子说："你闹什么？我都见过，都听过，都知道了，你不知道我很疲乏，不容我歇一下吗？"

孩子说："我们是一起出来的，怎么我还顶精神，你就疲乏起来？难道大人不如孩子吗？"

车还在深林平畴之间穿行着。车中的人，除那孩子和一两个旅客以外，少有不像他母亲那么鼾睡的。

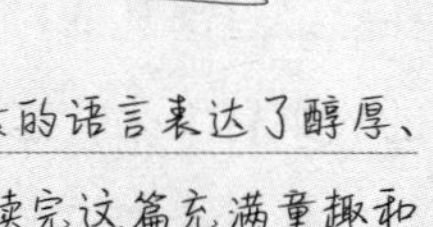

在作品《落花生》中，作者用朴素的语言表达了醇厚、深邃的亲情和耐人寻味的人生哲理。读完这篇充满童趣和哲思的短文，我们又感受到了什么？

万物之母

许地山觉得，他所看到的处处都是悲剧，所感到的事事都是痛苦。许地山这种悲剧情怀和认为人生总归是不完整的、残缺的。人生观常投射到他的文学创作中，其主人公没有一个是拥有圆满生活的。《万物之母》中的敬姑因日日夜夜思念战乱中无辜丧生的儿子而神志恍惚，错把山中虎崽当成自己的儿子而失足坠落山崖。这是那个年代无数惨剧中的一个缩影。

在这经过离乱的村里，荒屋破篱之间，每日只有几缕零零落落的炊烟冒上来，那人口的稀少可想而知。你一进到无论哪个村里，最喜欢遇见的，是不是村童在阡陌间或园圃中跳来跳去，或走在你前头，或随着你步后模仿你的行动？村里若没有孩子们，就不成村落了。在这经过离乱的村里，不但没有孩子，而且有人向你要求孩子！

这里住着一个不满三十岁的寡妇，一见人来，便要求，说："善心善行的人，求你对那位总爷说，把我的儿子给回。那穿虎纹衣服、戴虎儿帽的便是我的儿子。"

她的儿子被乱兵杀死已经多年了。她从不会忘记：总爷把无情的剑拔出来的时候，那穿虎纹衣服的可怜儿还用双手招着，要她搂抱。她要跑去接的时候，她的精神已和黄昏的霞光一同麻痹而熟睡了。唉，最惨的事岂不是人把寡妇怀里的独生子夺过去，且在她面前害死吗？要她在醒后把这事完全藏在她记忆的多宝箱里，可以说，比剖芥子来藏须弥还难。

她的屋里排列了许多零碎的东西，当时她儿子玩过的小团也在其中。在黄昏时候，她每把各样东西抱在怀里说："我的儿，母亲岂有不救你，不保护你的？你现在在我怀里。不要做声，看一会儿人来又把你夺去。"可是一过了黄昏，她就立刻醒悟过来，知道那所抱的不是她的儿子。

那天，她又出来找她的"命"。月的光明蒙着她，使她在不知不觉间进入村后的山里。那座山，就是白天也少有人敢进去，何况在盛夏的夜间，杂草把樵人的小径封得那么严！她一点也不害怕，攀着小树，缘着茑萝，慢慢地上去。

她坐在一块大石上歇息，无意中给她听见了一两声的儿啼。她不及判别，便说："我的儿，你藏在这里吗？我来了，不要哭啦！"

她从大石下来，随着声音的来处，爬入石下一个洞里。但是里面一点东西也没有。她很疲乏，不能再爬出来，就在洞里睡了一夜。

第二天早晨，她醒时，心神还是非常恍惚。她坐在石上，耳边还留着昨晚上的儿啼声。这当然更要动她的心，所以那方从霭云被里钻出来的朝阳无力把她脸上和鼻端的珠露晒干了。她在瞻顾中，才看出对面山岩上坐着一个穿虎纹衣服的孩子。可是她看错了！那边坐着的，是一只虎子，它的声音从那边送来很像儿啼。她立即离开所坐的地方，不管当中所隔的谷有多么深，尽管攀缘着，向那边去。不幸早露未干，所依附的都很湿滑，一失手，就把她溜到谷底。

她昏了许久才醒回来。小伤总免不了，却还能够走动。她趴着，看见身边暴露了一副小骷髅。

“我的儿，你方才不是还在山上哭着吗？怎么你母亲来得迟一点，你就变成这样？”她把骷髅抱住，说，“呀，我的苦命儿，我怎能把你医治呢？”悲苦尽管悲苦，然而，自她丢了孩子以后，不能不算这是她第一次的安慰。

从早晨直到黄昏，她就坐在那里，不但不觉得饿，连水也没喝过。零星几点，已悬在天空，那天就在她的安慰中过去了。

她忽想起幼年时代，人家告诉她的神话，就立起来说：“我的儿，我抱你上山顶，先为你摘两颗星星下来，嵌入你的眼眶，叫你看得见，然后给你找香香的皮肉来补你的身体。可是你不要再哭，恐怕给人听见，又把你夺过去。”

“敬姑，敬姑。”找她的人们在满山中这样叫了好几声，也没有一点影响。

“也许她被那只老虎吃了。”

“不，不对。前晚那只老虎是跑下来捕云哥圈里的牛犊被打死的。如果那东西把敬姑吃了，决不再下山来赴死。我们再进深一点找吧。”

唉，他们的工夫白费了！纵然找着她，若是她还没有把星星抓在手里，她心里怎能平安，怎肯随着他们回来？

看《万物之母》里的“敬姑”，我们是否会想到鲁迅《祝福》里的主人公“祥林嫂”？同样的爱子如命，同样的失去唯一的儿子，同样的孤苦伶仃最后也悲惨地死去。不同的是：敬姑的儿子“被乱兵杀死已经多年了”，祥林嫂的儿子阿毛被狼吃掉。孩子之死只是那个年代的一个悲剧情节，假如敬姑的儿子不死，敬姑的命运会好吗？

爱流汐涨

许地山的许多作品是描写死亡给人带来的抑郁和忧伤的。《爱流汐涨》描写了男主人公在亡妻即将百日时撕心裂肺的痛楚，其实表达的正是作者本人的真实心声。“死”让相爱的人天人永隔，永无再见之日，使丈夫在形单影只中独尝永诀之苦。妻子的离去已经让丈夫陷入无尽的悲哀之中，小孩子无知、幼稚的发问更让已为人父的男子按捺不住心灵的抽泣。读完此文，或许更能体会什么叫作“爱如潮水”。

月儿的步履已踏过嵇家的东墙了。孩子在院里已等了许久，一看见上半弧的光刚射过墙头，便忙忙跑到屋里叫道：“爹爹，月儿上来了，出来给我燃香吧！”

屋里坐着一个中年的男子，他的心负了无量的愁闷。外面的月亮虽然还像去年那么圆满，那么光明，可是他对于月亮的情绪就大不如去年了。当孩子进来叫他的时候，他就起来，勉强回答说："宝璜，今晚上不必拜月，我们到院里对着月光吃些果品，回头再出去看看别人的热闹。"

孩子一听见要出去看热闹，更喜得了不得。他说："为什么今晚上不拈香呢？记得从前是妈妈点给我的。"

父亲没有回答他。但孩子的话很多，问得父亲越发伤心了。他对着孩子不甚说话。只有向月不歇地叹息。

"爹爹今天晚上不舒服吗？为何气喘得那么厉害？"

父亲说："是，我今晚上病了。你不是要出去看热闹吗？可以叫素云姐带你去，我不能去了。"

素云是一个年长的丫头。主人的心思、性地，她本十分明白，所以家里无论大小事几乎是她一人主持。她带宝璜出门，到河边看看船上和岸上各样的灯色，便中就告诉孩子说："你爹爹今晚不舒服了，我们得早一点回去才是。"

孩子说："爹爹白天还好好的，为何晚上就害起病来？"

"唉，你记不得后天是妈妈的百日吗？"

"什么是妈妈的百日？"

"妈妈死掉，到后天是一百天的工夫。"

孩子实在不能理会那"一百日"的深层意思，素云只得说："夜深了，咱们回家去吧。"

素云和孩子回来的时候，父亲已经躺在床上，见他们回来，就说："你们回来了。"她跑到床前回答说："二舍，我们回来了。晚上大哥儿可以和我同睡，我招呼他，好不好？"

父亲说："不必。你还是睡你的吧。你把他安置好，就可以去歇息，这里没有什么事。"

这个七岁的孩子就睡在离父亲不远的一张小床上。外头的鼓乐声和树梢的月影，把孩子嬲得不能睡觉。在睡眠的时候，父亲本有命令，不许说话。所以孩子只得默听着，不敢发出什么声音。

乐声远了，在近处的杂响中，最刺激孩子的，就是从父亲那里发出来的啜泣声。在孩子的思想里，大人是不会哭的。所以他很诧异地问："爹爹，你怕黑吗？大猫要来咬你吗？你哭什么？"他说着就要起来，因为他也怕大猫。

父亲阻止他，说："爹爹今晚上不舒服，没有别的事。不许起来。"

"咦，爹爹明明哭了！我每哭的时候，爹爹说我的声音像河里的水声，现在爹爹的声音也和那个一样。呀，爹爹，别哭了。爹爹一哭，叫宝璜怎能睡觉呢？"

孩子越说越多，弄得父亲的心绪更乱。他不能用什么话来对付孩子，只说："璜儿，我不是说过，在睡觉时不许说话吗？你再说时，爹爹就不疼你了。好好地睡吧。"

孩子只复说一句："爹爹要哭，叫人怎样睡得着呢？"以后他就静默了。

这晚上的催眠歌就是父亲的抽噎声。不久，孩子也因着这声就发出微细的鼾息，屋里只有些杂响伴着父亲发出哀音。

同样写丧妻之痛，与同时期的朱自清的《给亡妇》比较一下，看看两文有何异同？也可与北宋大文豪苏轼的《江城子·乙卯正月二十日夜记梦》比较一下，看看作者在抒发情感方面有什么不同。

上景山

《上景山》是许地山的散文代表作之一，本文借游览景山，以浅白、流畅的语言，对表面上冠冕堂皇而实际上无耻卑劣的古代帝王政权，做了夹叙夹议的针砭。但对作者而言，“最可杀的是那班为大盗之一的斯文贼”，诸如李斯之流，接着又联想到张献忠。实际上，作者是借张献忠杀王志道的传闻来表明自己对于古代读书人的态度：厌恶那些没有骨气、没有人格、没有道德、奴性的文人。

毕竟是游记散文，作者在沉郁的抒怀慨叹中会插入对景物的描写，为作品增添一些灵动和亮色：“它能在空中发出和悦的响声，翩翩地飞绕着，教人觉得在一个灰白色的冷天，满天乱飞乱叫的老鸹的讨厌。然而在刮大风的时候，若是你有勇气上景山的最高处，看看天安门楼屋脊上的鸦群，噪叫的声音是听不见，它们随风飞扬，直像从什么大树飘下来的败叶，凌乱得有意思。”由于作者有深厚的佛学修养，写景中便带了些许的禅味。

无论哪一季，登景山，最合宜的时间是在清早或下午三点以后。晴天，眼界可以望到天涯的朦胧处；雨天，可以赏雨脚的长度和电光的迅射；雪天，可以令人咀嚼着无色界的滋味。

在万春亭上坐着，定神看北上门后的马路（从前路在门前，如今路在门后），尽是行人和车马，路边的梓树都已掉了叶子。不错，已经立冬了，今年天气可有点怪，到现在还没冻冰。多谢芰荷的业主把残茎都去掉，叫我们能看见紫禁城外护城河的水光还在闪烁着。

神武门上是关闭得严严的。最讨厌是楼前那支很长的旗杆，侮辱了全个建筑的庄严。门楼两旁树它一对，不成吗？禁城上时时有人在走着，恐怕都是外国的旅人。

皇宫一所一所排列着非常整齐。怎么一个那么不讲纪律的民族，会建筑这么严整的宫廷？我对着一片黄瓦这样想着。不，说不讲纪律未免有点过火，我们可以说这民族是把旧的纪律忘掉，正在找一个新的。新的找不着，终究还要回来的。北京房子，皇宫也算在里头，主要的建筑都是向南的，谁也没有这样强迫过建筑者，说非这样修不可。但纪律因为利益所在，在不言中被遵守了。夏天受着解愠的熏风，冬天接着可爱的暖日，只要守着盖房子的法则，这利益是不用争而自来的。所以我们要问，在我们的政治社会里有这样的熏风和暖日吗？

最初在崖壁上写大字铭功的是强盗的老师，我眼睛看着神武门上的几个大字，心里想着李斯。皇帝也是强盗的一种，是个白痴强盗。他抢了天下，把自己监禁在宫中，把一切宝物聚在身边，以为他是富有天下。这样一代过一代，到头来还是被他的糊涂奴仆，或贪婪臣宰，讨、瞒、偷、换，到连性命也不定保得住。这岂不是个白痴强盗？在白痴强盗之下才会产出大盗和小偷来。一个小偷，多少总要有一点跳女墙钻狗洞的本领，有他的禁忌，有他的信仰和道德。大盗只会利用他的奴性去请托攀缘，自赞赞他，禁忌固然没有，道德更不必提。谁也不能不承认盗贼是寄生人类的一种，但最可杀的是那班为大盗之一的斯文贼。他们不像小偷为延命去营鼠雀的生活，也不像一般的大盗，凭着自己的勇敢去抢天下。所以明火打劫的强盗最恨的是斯文贼。这里我又联想到张献忠。有一次他开科取士，檄诸州举贡生员，后至者妻女充院，本犯剥皮，有司教官斩，连坐十家。诸生到时，他要他们在一丈见方的大黄旗上写个帅字，字画要像斗的粗大，还要一笔写成。一个生员王志道缚草为笔，用大缸贮墨汁将草笔泡在缸里，三天，再取出来写。果然一笔写成了。他以为可以讨献忠的喜欢，谁知献忠说："他日图我必定是你。"立即把他杀来祭旗。献忠对待念书人是多么痛快。他知道他们是寄生的寄生。他的使命是来杀他们。

东城西城的天空中，时见一群一群旋飞的鸽子。除去打麻雀、上酒楼以外，这也是一种古典的娱乐。这种娱乐也来得群众化一点。它能在空中发出和悦的响声，翩翩地飞绕着，叫人

觉得在一个灰白色的冷天，满天乱飞乱叫的老鸹的讨厌。然而在刮大风的时候，若是你有勇气上景山的最高处，看看天安门楼屋脊上的鸦群，噪叫的声音是听不见，它们随风飞扬，直像从什么大树飘下来的败叶，凌乱得有意思。

万春亭周围被挖得东一沟，西一窟。据说是管宫的当局挖来试看煤山是不是个大煤堆，像历来的传说所传的，我心里暗笑信这说的人们。是不是因为北宋亡国的时候，都人在城被围时，拆毁艮狱的建筑木材去充柴火，所以计划建筑北京的人预先堆起一大堆煤，万一都城被围的时，人民可以不拆宫殿。这是笨想头。若是我来计划，最好来一个米山。米在万急的时候，也可以生吃，煤可无论如何吃不得。又有人说景山是太行的最终一峰。这也是瞎说。从西山往东几十里平原，可怎么不偏不颇，在北京城当中出了一座景山？若说北京的建设就是对着景山的子午，为什么不对北海的琼岛？我想景山明是开紫禁城外的护城河所积的土，琼岛也是累积从北海挖出来的土而成的。

从亭后的柏树缝里远远看见鼓楼。地安门前后的大街，人马默默地走，城市的喧嚣声，一点也听不见。鼓楼是不让正阳门那样雄壮地挺着。它的名字，改了又改，一会儿是明耻楼，一会儿又是齐政楼，现在大概又是明耻楼吧。明耻不难，雪耻得努力。只怕市民能明白那耻的还不多，想来是多么可怜。记得前几年“三民主义”“帝国主义”这套名词随着北伐军到北平的时候，市民看些篆字标语，好像都明白各人蒙着无上的耻辱，而这耻辱是由于帝国主义的压迫。所以大家也随声附和，唱着打倒和推翻。

从山上下来，崇祯殉国的地方依然是那棵半死的槐树。据说树上原有一条链子锁着，庚子联军入京以后就不见了，现在那枯槁的部分，还有一个大洞，当时的链痕还隐约可以看见。义和团运动的结果，从解放这棵树，发展到解放这民族。这是一件多么可以发人深思的对象呢？山后的柏树发出幽恬的香气，好像是对于这地方的永远供物。

每年的祭祀不举行了，庄严的神乐再也不能听见，只有从乡间进城来唱秧歌的孩子们，在墙外打的锣鼓，有时还可以送到殿前。

到景山门，回头仰望顶上方才所坐的地方，人都下来了。树上几只很面熟却不认得的鸟在叫着。亭里残破的古佛还坐在结那没人能懂的手印。

有人评价许地山的《上景山》：“所见者新，所思者深。”反复阅读，你能说说“新”在何处？“深”在哪里吗？

忆卢沟桥

一个叫马可·波罗的意大利旅行家早在13世纪就曾兴致勃勃地跑到这儿，盛赞卢沟桥是“世界上独一无二”的。他特别欣赏柱子上的狮子，说它是“美丽的奇观”。一个叫爱新觉罗·弘历的清朝皇帝也曾前呼后拥地站在这儿，御览燕京八景之一，还亲笔题写了“卢沟晓月”四个大字。卢沟桥以其巧夺天工的造桥绝唱享誉天下，“卢沟晓月”的唯美画面也激发了后人无尽遐思。但是卢沟桥所有的风花雪月记忆，随着日寇的铁蹄彻底踏破了国人酣睡的梦乡，都定格在1937年7月7日那一天，文人墨客之前所有的浪漫诗情都被一场惨烈的炮火炸成碎末。许地山在《忆卢沟桥》中说：“卢沟桥的伟大与那有名的泉州洛阳桥和漳州虎渡桥有点不同。论工程，它没有这两道桥的宏伟，然而在史迹上，它是多次系着民族安危。纵使你把桥拆掉，卢沟桥的身影是永不会被中国人忘记的。”许地山的散文虽然平和，但当抗日战争爆发，许地山还积极参加了“中华全国文艺界抗敌协会香港分会”的工作，担任常务理事，展现了一个爱国知识分子的责任担当。

记得离北平以前，最后到卢沟桥，是在二十二年的春天。我与同事刘兆蕙先生在一个清早由广安门顺着大道步行，经过大井村，已是十点多钟。参拜了义井庵的千手观音，就在大悲阁外小憩。那菩萨像有三丈多高，是金铜铸成的，体相还好，不过屋宇倾颓，香烟零落，也许是因为求愿的人们发生了求财赔本求子丧妻的事情吧。这次的出游本是为访求另一尊铜佛而来的。我听见从宛平城来的人告诉我那城附近有所古庙塌了，其中许多金铜佛像，年代都是很古的。为知识上的兴趣，不得不去采访一下。大井村的千手观音是有著录的，所以也顺便去看看。

出大井村，在官道上，巍然立着一座牌坊，是乾隆四十年建的。坊东面额书“经环同轨”，西面是“荡平归极”。建坊的原意不得而知，将来能够用来做凯旋门那就最合宜不过了。

春天的燕郊，若没有大风，就很可以使人流连。树干上或土墙边蜗牛在画着银色的涎路。它们慢慢移动，像不知道它们的小介壳以外还有什么宇宙似的。柳塘边的雏鸭披着淡黄色的毛，映着嫩绿的新叶。游泳时，微波随蹼翻起，泛成一弯一弯动着的曲纹，这都是生趣的示现。走乏了，且在路边的墓园少住一回。刘先生站在一座很美丽的窣堵波上，要我给他拍照。在榆树荫覆之下，我们没感到路上太阳的皓烈。寂静的墓园里，虽没有什么名花，野卉倒也长得顶得意的。忙碌的蜜蜂，两只小腿黏着些少花粉，还在采集着。蚂蚁为争一条烂残的蚱蜢腿，在枯藤底根本上争斗着。落网的小蝶，一片翅膀已失掉效用，还在挣扎着。这也是生趣的示现，不过意味有点不同罢了。

闲谈着，已见日丽中天，前面宛平城也在城之内了。宛平城在卢沟桥北，建于明崇祯十年，名叫“拱北城”，周围不及二里，只有两个城门，北门是顺治门，南门是永昌门。清改拱北为拱极，永昌门为威严门。南门外便是卢沟桥。拱北城本来不是县城，前几年因为北平改市，县衙才移到那里去，所以规模极其简陋。从前它是个卫城，有武官常驻镇守着，一直到现在，还是一个很重要的军事地点。我们随着骆驼队进了顺治门，在前面不远，便见了永昌门。大街一条，两边多是荒地。我们到预定的地点去探访，果见一个庞大的铜佛头和一些铜像残体横陈在县立学校里的地上。拱北城内原有观音庵与兴隆寺，兴隆寺内还有许多已无可考的广慈寺的遗物，那些铜像究竟是属于哪寺的也无从知道。我们摩挲了一回，才到卢沟桥头的一家饭店午膳。

自从宛平县署移到拱北城，卢沟桥便成为县城的繁要街市。桥北的商店民居很多，还保存着从前中原数省入京孔道的规模。桥上的碑亭虽然朽坏，还矗立着。自从历年的内战，卢沟桥更成为戎马往来的要冲，加上长辛店战役的印象，使附近的居民都知道近代战争的大概情形，连小孩也知道飞机、大炮、机关枪都是做什么用的。到处墙上虽然有标语贴着的痕

迹。而在色与量上可不能与卖药的广告相比。推开窗户，看着永定河的浊水穿过疏林，向东南流去。想起陈高的诗："卢沟桥西车马多，山头白日照清波。毡卢亦有江南妇，愁听金人出塞歌。"清波不见，浑水成潮，是记述与事实的相差，抑昔日与今时的不同，就不得而知了。但想象当日桥下雅集亭的风景，以及金人所掳江南妇女，经过此地的情形，感慨便不能不触发了。

从卢沟桥上经过的可悲可恨、可歌可泣的事迹，岂止被金

人所掠的江南妇女那一件？可惜桥槛上蹲着的石狮子个个只会张牙裂眦结舌无言，以致许多可以稍留印迹的史实，若不随蹄尘飞散，也教轮辐压碎了。我又想着天下最有功德的是桥梁。它把天然的阻隔联络起来，它从这岸度引人们到那岸。在桥上走过的是好是歹，与它本来无关，何况在上面走的不过是长途中的一小段，它哪能知道何者是可悲可恨可泣呢？它不必记历史，反而是历史记着它。卢沟桥本名广利桥，是金大定二十七年始建，至明昌二年（公元1189年至1192年）修成的。它拥有世界的声名是因为曾入马哥博罗的记述。马哥博罗记作“普利桑乾”，而欧洲人都称它作“马哥博罗桥”，倒失掉记者赞叹桑干河上一道大桥的原意了。中国人是擅于修造石桥的，在建筑上只有桥与塔可以保留得较为长久。中国的大石桥每能使人叹为鬼斧神工，卢沟桥的伟大与那有名的泉州洛阳桥和漳州虎渡桥有点不同。论工程，它没有这两道桥的宏伟，然而在史迹上，它是多次系着民族安危。纵使你把桥拆掉，卢沟桥的身影是永不会被中国人忘记的。这个在“七七”事件发生以后，更使人觉得是如此。当时我只想着日军许会从古北口入北平，由北平越过这道名桥侵入中原，决想不到火头就会在我那时所站的地方发出来。

在饭店里，随便吃些烧饼，就出来，在桥上张望。铁路桥在远处平行地架着。驮煤的骆驼队随着铃铛的音节整齐地在桥上迈步。小商人与农民在雕栏下作交易上很有礼貌的计较。妇女们在桥下浣衣，乐融融地交谈。人们虽不理会国势的严重，可是从军队里宣传员口里也知道强敌已在门口。我们本不为做间谍去的，因为在桥上向路人多问了些话，便教警官注意起来，我们也自好笑。我是为当事官吏的注意而高兴，觉得他们时刻在提防着，警备着。过了桥，便望见实柘山，苍翠的山色，指示着日斜多了几度。在砾原上流连片时，暂觉晚风拂衣，若不回转，就得住店了，“卢沟晓月”是有名的。为领略这美景，到店里住一宿，本来也值得，不过我对于晓风残月一类的景物素来不大喜爱。我爱月在黑夜里所显的光明。晓月只有垂死的光，想来是很凄凉的，还是回家吧！

我们不从原路去，就在拱北城外分道。刘先生沿着旧河床，向北回海淀去。我捡了几块石头，向着八里庄那条路走。进到阜成门，望见北海的白塔已经成为一个剪影贴在洒银的暗蓝纸上。

今天站在卢沟桥上，望着波光粼粼的永定河，看着壮观的桥面和石雕，听着耳边中外游人的欢声笑语，你会想些什么？你也许会想到浸透着血泪的近代史，想起日寇侵略我国的悲惨历史，想起救国图存的英烈们，想起今天的世界仍然动荡，和平来之不易。历史的车轮滚滚向前，一代人有一代人的使命和荣光，一代人更要有一代人的担当与奋斗。站在卢沟桥上，每个人都应该想：我为今日的中国担当起怎样的责任？

先农坛

◇◇◇

许地山并不是一个完完全全的、心无所求的、淡泊的宗教圣徒，他心中有国事、有苍生、有人性、有不平。他的游记文章十分清晰地写下了这种不平静的性情。《先农坛》除表达对自然与历史古迹的喜爱之外，也表达出对现实社会粗鄙堕落的不悦和愤慨：“假若政府有心保存北平古物，绝不至于让市民随意拆毁。拆一间是少一间。现在坛里，大兵拆起公建筑来了。爱国得先从爱惜公共的产业做起，得先从爱惜历史的陈迹做起。”这就是许地山——不失一个正直的、爱国的中国知识分子的本色。

曾经一度繁华过的香厂，现在剩下些破烂不堪的房子，偶尔经过，只见大兵们在广场上练国技。往南再走，排地摊的犹如往日，只是好东西越来越少，到处都看见外国来的空酒瓶、香水樽、胭脂盒，乃至簇新的东洋瓷器。故衣摊不入时的衣服，“一块八”“两块四”，叫卖的伙计连翻带嚷地兜揽，买主没有，看主却是很多。

在一条凹凸得格别的马路上走，不觉进了先农坛的地界。从前在坛里唯一新建筑，“四面钟”，如今只剩一座空洞的高台，四围的柏树早已变成富人们的棺材或家私了。东边一座礼拜寺是新的。球场上还有人在那里练习。绵羊三五群，遍地披着枯黄的草根。风稍微一动，尘土便随着飞起，可惜颜色太坏，若是雪白或朱红，岂不是很好的国货化妆材料？

到坛北门，照例买票进去。古柏依旧，茶座全空。大兵们住在大殿里，很好看的门窗，都被拆作柴火烧了，希望北平市游览区划定以后，可以有一笔大款来修理。北平的旧建筑，渐次少了，房主不断地卖折货。像最近定王府，原是明朝胡大海的府邸，论起建筑的年代足有五百多年，假若政府有心保存北平古物，绝不至于让市民随意拆毁。拆一间是少一间。现在坛里，大兵拆起公建筑来了。爱国得先从爱惜公共的产业做起，得先从爱惜历史的陈迹做起。

观耕台上坐着一男一女，正在密谈，心情的热真能抵御环境的冷。桃树柳树都脱掉叶衣，做三冬的长眠，风摇，鸟唤，都不听见。雩坛边的鹿，伶俐的眼睛瞭望着过路的人。游客本来有三两个，它们见了格外相亲。在那么空旷的园囿，本不必拦着它们，只要四围开上七八尺深的沟，斜削沟的里壁，使当中成一个圆丘，鹿放在当中，虽没遮拦，也跳不上来。这样，园景必定优美得多。星云坛比狱渎坛更破烂不堪。干蒿败艾，满布在砖缝瓦罅之间，拂人衣裾，便发出一种清越的香味。老松在夕阳的下默然站着。人说它像盘旋的虬龙，我说它像开屏的孔雀，一颗一颗的松球，衬着暗绿的针叶，远望着更像得很。松是中国人的理想性格，画家没有不喜欢画它。孔子说它后凋还是曲了它，应当说它不凋才对。英国人对于橡树的情感就和中国对于松树的一样。中国人爱松并不尽是因为它长寿，乃是因它当飘风飞雪的时节能够站得住，生机不断，可发荣的时间一到，便又青绿起来。人对着松树是不会失望的。它能给人一种兴奋，虽然树上留着许多枯枝，看来越发增加它的壮美。就是枯死，也不像别的树木等闲地倒下来。千年百年是那么立者，藤萝缠它，薜荔黏它，都不怕，反而使它更优越，更秀丽。古人说松籁好听得像龙吟。龙吟我们没有听过，可是它所发出的逸韵，真能使人忘掉名利，动出尘的想头。可是要记得这样的声音，绝不是一寸一尺的小松所能发出，非要经得百千年的磨炼，受过风霜或者吃过斧斤的亏，能够立得定以后，是做不到的。所以当年壮的时候，应学松柏的抵抗力、忍耐力和增进力；到年衰的时候，也不妨送出清越的籁。

对着松树坐了半天，金黄色的霞光已经收了，不免离开雩坛直出大门。门外前几年挖的战壕，还没填满。羊群领着我向着归路。道旁放着一担菊花，卖花人站在一家门口与那淡妆的女郎讲价，不提防担里的黄花教羊吃了几棵。那人索性将两棵带泥丸的菊花向羊群猛掷过去，口里骂“你等死的羊孙子！”可也没奈何。吃剩的花散布在道上，也教车轮碾碎了。

在北京中轴线的南端，距离天安门广场约6.2公里的地方，坐落着一处坛庙建筑群——先农坛。先农坛是明清两代帝王祭祀山川、神农等诸神的地方，是北京中轴线申遗的14处景点之一。时间已过去了一个世纪，在先农坛，我们在“砖缝瓦罅”之间仍能读出历史的沧桑感，在苍劲的古松旁，能听到“清越的籁”。与作者笔下所描写的先农坛相比，今天的先农坛有什么不同？为什么会有这些变化？

牛津的书虫

1924年9月，许地山转入英国牛津大学曼斯菲尔德学院，开始研究印度哲学、宗教史、梵文、人类学和民俗学。牛津大学图书馆历史悠久，藏书更为丰富，吸引着这个来自东方的学子。他在牛津大学两年，日后回忆这段美好的图书馆生活，颇有“关山度若飞”之感，他在这篇文章里称“牛津实在是学者的学国，我在此地两年的生活尽用于波德林图书馆、印度学院、阿克关屋（社会人类学讲室），及曼斯菲尔德学院中，竟不觉归期已近。”所以，他总是努力地和时间赛跑。许地山在伦敦结识的好友舒舍予（老舍）后来追忆说，许地山只要在图书馆中坐下，就不用再希望他还能看看钟表，他到了图书馆，是永远不记着时刻的。伦敦虽大，许地山行迹却只是两个点，那就是大英博物馆皇家图书馆和学校图书馆。老舍说，在伦敦要找许地山很容易，他独自出去，不是到博物院，必是入图书馆，进去，他就忘了出来。这就是“牛津书虫”许地山。

牛津实在是学者的学国，我在此地两年的生活尽用于波德林图书馆、印度学院、阿克关屋（社会人类学讲室）及曼斯菲尔德学院中，竟不觉归期已近。

同学们每叫我做“书虫”，定蜀尝鄙夷地说我于每谈论中，不上三句话，便要引经据典，“真正死路！”刘锴说：“你成日读书，读死你呀！”书虫诚然是无用的东西，但读书读到死，是我所乐为。假使我的财力、事业能够容允我，我诚愿在牛津做一辈子的书虫。

我在幼时已决心为书虫生活。自破笔授业直到如今，二十五年间未尝变志。但是要做书虫，在现在的世界本不容易，须要具足五个条件才可以。五件者：第一要身体康健；第二要家道丰裕；第三要事业清闲；第四要志趣淡薄；第五要宿慧超越。我于此五件，一无所有！故我以十年之功只当他人一夕之业。于诸学问、途径还未看得清楚，何敢希望登堂入室？但我并不因我的资质与境遇而灰心，我还是抱着读得一日便得一日之益的心志。

为学有三条路向：一是深思，二是多闻，三是能干。第一途是做成思想家的路向；第二是学者；第三是事业家。这三种人同是为学，而其对于同一对象的理解则不一致。譬如有人在居庸关下偶然捡起一块石头，一个思想家要想它怎样会在那里、怎样被人捡起来和它的存在的意义。若是一个地质学者，他对于那石头便从地质方面原原本本地说。若是一个历史学者，他便要探求那石与过去史实有无的关系。

若是一个事业家，他只想着要怎样利用那石而已。三途之中，以多闻为本。我邦先贤教人以“博闻强记”，及教人“不学而好思，虽知不广”的话，真可谓能得为学的正谊。但在现在的世界，能专一途的很少。因为生活上等等的压迫，及种种知识上的需要，使人难为纯粹的思想家或事业家。假使苏格拉底生于今日的希腊，他难免也要写几篇关于近东问题的论文投到报馆里去卖几个钱。他也得懂得一点汽车、无线电的使用方法。也许他也会把钱财存在银行里。这并不是因为“人心不古”，乃是因为人事不古。近代人需要等等知识为生活的资助，大势所趋，必不能在短期间产生纯粹的或深邃的专家。故为学要先多能，然后专攻，庶几可以自存，可以有所贡献。吾人生于今日，对于学问，专既难能，博又不易，所以应于上列三途中至少要兼二程。兼多闻与深思者为文学家。兼多闻与能干的为科学家。就是说一个人具有学者与思想家的才能，便是文学家；具有学者与专业家的功能的，便是科学家。文学家与科学家同要具学者的资格所不同者，一是偏于理解，一是偏于作用；一是修文，一是格物（自然我所用科学家与文学家的名字是广义的）。进一步说，舍多闻既不能有深思，亦不能生能干，所以多闻是为学根本。多闻多见为学者应有的事情，如人能够做到，才算得过着书虫的生活。当彷徨于学问的歧途时，若不能早自决断该向哪一条路走去，他的学业必致如荒漠的沙粒，既不能长育生灵，又不堪制作器用。即使他能下笔千言，必无一字可取。纵使他能临事多谋，必无一策能成。我邦学者，每不擅于过书虫生活，在歧途上既不能慎自抉择，复不虚心求教。过得去时，便充名士；过不去时，就变劣绅。所以我觉得留学而学普通知识，是一个民族最羞耻的事情。

我没觉得我们中间真正的书虫太少了。这是因为我们当学生的多半穷乏，急于谋生，不能具足上述五种求学条件所致。从前生活简单，旧式书院未变学堂的时代，还可以希望从领膏火费的生员中造成一二。至于今日的官费生或公费生，多半是虚掷时间和金钱的。这样的光景在留学界中更为显然。

牛津的书虫很多，各人都能利用他的机会去钻研，对于有学无财的人，各学院尽予津贴，未卒业者为“津贴生”，已卒业者为“特待校友”，特待校友中有一辈以读书为职业的。要有这样的待遇，然后可产出高等学者。在今日的中国要靠著作度日

是绝对不可能的，因社会程度过低，还养不起著作家。……所以著作家的生活与地位在他国是了不得，在我国是不得了！著作家还养不起，何况能养在大学里以读书为生的书虫？这也许就是中国的“知识阶级”不打而自倒的原因。

……

读与思

“我觉得留学而学普通知识，是一个民族最羞耻的事情。”这是作者在这篇文章中表现出的观点，结合当时的时代背景，你赞同吗？为什么？

无忧花（节选）

许地山生活的年代，社会动荡，民族灾难深重。生存的艰难、生命的脆弱带来人精神的异化。精神的异化在许地山看来是一种在异己力量控制下失去自我的精神苦痛。小说中，官场交际花加多怜空虚拜物，浅薄而无灵魂，犹如游荡在官场和市井的行尸走肉。许地山在《危巢坠简》中表达了他对人性的深深忧虑："那使同伴在物质上变牛变马，是由于不知爱人如己，虽然可恨可怜，还不如那使自己在精神上变猪变狗的人们。他们是不知爱己如人，是最可伤可悲的。如果这样的畜人比那些被食的人畜多，那还有什么希望呢？"

加多怜新近从南方回来，因为她父亲刚去世，遗下很多财产给她几位兄妹，她分得几万元现款和一所房子。那房子很宽，是她小时跟着父亲居住过的，很多可纪念的交际会，都在那里举行过，所以她宁愿少得五万元，也要向她哥哥换那房子。她的丈夫朴君，在南方一个县里的教育机关当一份小差事，所得薪俸虽不是很够用，幸赖祖宗给他留下一点产业，还可以勉强度过日子。

……

舞会到夜阑才散。加多怜得着市长应许给官做，回家以后，还在卧房里独自跳跃着。

从前老辈们每笑后生小子所学非用，到近年来，学也可以不必，简直就是不学有所用。市长在舞会所许加多怜的事已经实现了。她已做了好几个月的特税局帮办，每月除到局支几百元薪水以外，其余的时间都是她自己的，督办是市长自己兼，实际办事的是局里的主任先生们。她也安置了李妈的丈夫李富在局里，为的是有事可以关照一下。每日里她只往来于饭店、舞场和显官豪绅的家庭间，无忧无虑地过着太平日子。平常她起床的时间总在中午左右，午饭总要到下午三四点，饭后便出门应酬，到凌晨三四点才回家。若是与邸力里亚有约会或朋友们来家里玩，她就不出门，起得也早一点。

在东北事件发生后一个月的一天早晨，李妈在厨房为她的主人预备床头点心。陈妈把客厅归着好，也到厨房来找东西吃。她见李妈在那里忙着，便问："现在才七点多，太太就醒啦？"李妈说："快了吧，今天中午有饭局，十二点得出门。不是不许叫‘太太’吗？你真没记性！”陈妈说：“是呀，太太做了官，当然不能再叫‘太太’了。可是叫她做‘老爷’，也不合适，回头老爷来到，又该怎样呢？一定得叫‘内老爷’‘外老爷’才能够分别出来。”李妈说：“那也不对，她不是说管她叫‘先生’或是帮办吗？”陈妈在灶头拿起一块烤面包抹抹果酱就坐在一边吃。她接着说：“不错，可是昨天你们李富从局里来，问‘先生在家不在’，我一时也拐不过弯来，后来他说太太，我才想起来。你说现在的新鲜事可乐不可乐？”李妈说：“这不算什么，还有更可乐的啦。”陈妈说：“可不是！那‘行洋礼’的事。他们一天到晚就行着这洋礼。”她嬉笑了一阵，又说：“昨晚那邸先生三点才走。送出院子，又是一回洋礼，还接着‘达灵’‘达灵’叫了一阵。我说李姐，你想他们是怎么一回事？”李妈说：“谁知道？听说外国就是这样乱，不是两口子的男女搂在一起也没关系。”陈妈说：“提起那池子来了，三天换一次水，水钱就是二百块，你说

是不是，洗的是银子不是水？”李妈说：“反正有钱的人看钱就不当钱，又不用自己卖力气，衙门和银行里每月把钱交到手，爱怎花就怎花。像前几个月那套纱衣裳，在四郊收买了一千多只火虫，花了一百多。听说那套料子就是六百，工钱又是二百。第二天要我把那些火虫一只一只从小口袋里摘出来。光那条头纱就有五百多只，摘了一天还没摘完，真把我的胳臂累坏了。三天花二百块的水，也好过花八九百块做一件衣服，穿一晚上就拆，这不但糟蹋钱并且造孽。你想，那一千多只火虫的命不是命吗？”陈妈说：“不用提那个啦。今天过午，等她出门，咱们也下池子去试一试，好不好？”李妈说：“你又来了，上次你偷穿她的衣服，险些闯出事来。现在你又忘了！我可不敢。那个神堂，不晓得还有没有神。”陈妈说：“人家都不会出毛病，咱们还怕什么？”她站起来，顺手带了些吃的到自己屋里去了。

李妈把早点端到卧房，加多怜已经靠着床背，手拿一本杂志在那里翻着。她问李妈：“有信没信？”李妈答应了一声“有”，随把盘子放在床上，问过要穿什么衣服以后便出去了。她从盘子里拿起信来，一封一封看过。其中有一封是朴君的，说他在年底要来。她看过以后，把信放下，并没显出喜悦的神气，皱着眉头，拿起面包来吃。

中午是市长请吃饭，座中只有宾主二人。饭后，市长领她到一间密室去。坐定后，市长便笑着说：“今天请您来，是为商量一件事情。您如同意，我便往下说。”加多怜说：“只要我的能力办得到，岂敢不与督办同意？”

市长说：“我知道只要您愿意，就没有办不到的事。我给您说，现在局里存着一大宗缉获的私货，价值在一百万以上。我觉得把它们都归了公，怪可惜的，不如想一个化公为私的方法，把它们弄一部分出来。若能到手，我留三十万，您留二十五万，局里的人员分二万，再提一万出来做参与这事的人们的应酬费。如果要这事办得没有痕迹，最好找一个外国人来认领。您不是认识一位领事馆的朋友吗？若是他肯帮忙，我们就在应酬费里提出四五千送他。您想这事可以办吗？”加多怜很踌躇，摇着头说：“这宗款太大了，恐怕办得不妥，风声泄露出去，您、我都要担干系。”市长大笑说：“您到底是个新官僚！赚几十万算什么？别人从飞机、军舰、军用汽车装运白面，几千万、几百万就那么容易到手，从来也没曾听见有人质问过。我们赚一百几十万，岂不是小事吗？您请放心，有福大家享，有罪鄙人当。您待一会去找那位邸先生商量一下得啦。”她也没主意了，听市长所说，世间简直好像是没有不可做的事情。她站起来，笑着说：“好吧，去试试看。”

加多怜来到邸力里亚这里，如此如彼地说了一遍。这邸先生对于她的要求从没拒绝过，但这次他要同她交换条件才肯办。他要求加多怜同他结婚，因为她在热爱的时候曾对他说过她与朴君离异了。加多怜说：“时候还没到，我与他的关系还未完全脱离。此外，我还怕社会的批评。”他说：“时候没到，时候没到，到什么时候才算呢？至于社会那有什么可怕的？社会很有力量，像一个勇士一样。可是这勇士是瞎的，只要你不走到他跟前，使他摸着你，他不看见你，也不会伤害你。我们离开中国就是了。我们有了这么些钱，随便到阿根廷住也好，到意大利住也好，就是到我的故乡巴塞罗那住也无不可。我们就这样办吧，我知道你一定要喜欢巴塞罗那的蔚蓝天空，那是没有一个地方能够比得上的。我们可以买一只游艇，天天在地中海遨游，再没有比这事快乐了。”

邸力里亚的话把加多怜说得心动了，她想着和朴君离婚倒是不难，不过这几个月的官做得实在有瘾，若是嫁给外国人，国籍便发生问题，以后能不能回来，更是一个疑问。她说：“何必做夫妇呢？我们这样天天在一块玩，不比夫妇更强吗？一做了你的妻子，许多困难的问题都要发生出来。若是要到巴塞罗那去，等事情弄好了，就拿那笔款去花一两年也无妨。我也想到欧洲去玩玩……”她正说着，小使进来说帮办宅里来电话，请帮办就回去，说老妈子洗澡，给水淹坏了。加多怜立刻起身告辞。邸先生说：“我跟你去吧，也许用得着我。”于是二人坐上汽车飞驶到家。

加多怜和邸先生一直来到游泳池边，陈妈和李妈已经被捞起来，一个没死，一个还躺着。她们本要试试水里的滋味，走到跳板上，看见水并不很深，陈妈好玩，把李妈推下去，哪里知道跳板弹性很强，同时又把她弹下去。李妈在水里翻了一个身，冲到池边，一手把绳揪着，可是左臂已擦伤了。陈妈浮起来两三次，一沉到底。李妈大声嚷救命，园里的花匠听见，才赶紧进来，把她们捞起来。邸先生给陈妈施行人工呼吸法，好容易把她救活了。加多怜叫邸先生把她们送到医院去。

邸力里亚从医院回来，加多怜继续与他谈那件事情，他至终应许去找一个外商来承认那宗私货，并且发出一封领事馆的证明书。她随即用电话通知督办。督办在电话里一连对她说了许多夸奖的话，其喜欢可知。

两三个月的国难期间，加多怜仍是无忧无虑、能乐且乐地过她的生活。那笔大款她早已拿到手，那邸先生又催着她一同到巴塞罗那去。她到市长那里，偶然提起她要出洋的事，并且说明这是当时的一个条件。市长说："这事容易办，就请朴君代理您的事情，您要多久回任都可以。"加多怜说："很好，外子过几天就可以到。我原先叫他过年二三月才来，但他说一定要在年底来。现在给他这差事，真是再好不过了。"

朴君到了，加多怜递给他一张委任状。她对丈夫说，政府派她到欧洲考查税务，急要动身，教他先代理帮办，等她回来再谋别的事情做。朴君是个老实人，太太怎么说，他就怎么答应，心里并且赞赏她的本领。

过几天，加多怜要动身了。她和邸力里亚同行，朴君当然不晓得他们的关系，把他们送到上海候船，便赶快回来。刚一到家，陈妈的丈夫和李富都在那里等候着。陈妈的丈夫说他妻子自从出院以后，在家里病得不得劲，眼看不能再出来做事了，要求帮办赏一点医药费。李富因局里的人不肯分给他那笔款，教他问帮办要。这事迟延很久，加多怜也曾应许教那班人分些给他，但她没办妥就走了。朴君把原委问明，才知道他妻子自离开他以后的做官生活的大概情形。但她已走了，他既不便用书信去问她，又不愿意拿出钱来给他们。说了很久，不得要领，他们都怅怅地走了。

一星期后，特税局的大侵吞案被告发了，告发人便是李富和几个分不着款的局员。市长把事情都推在加多怜身上。把朴君请来，说了许多官话，又把上级机关的公文拿出来。朴君看得眼呆呆的，说不出半句话来。市长假装好意说："不要紧，我一定要办到不把阁下看管起来。这事情本不难办，外商来领那宗货物，也是有凭有据，最多也不过是办过失罪，只把尊寓交出来当作赔偿，变卖得多少便算多少，敷衍得过便算了事。我与尊夫人的交情很深，这事本可以不必推究，不过事情已经闹到上头，要不办也不成。我知道尊夫人一定也不在乎那所房子，她身边至少也有三十万呢。"

第二天，撤职查办的公文送到，警察也到了。朴君气得把那张委任状撕得粉碎。他的神气直想发狂，要到游泳池投水，幸而那里已有警察，把他看住了。

房子被没收的时候，正是加多怜同邸力里亚离开中国的那天。她在敌人的炮火底下，和平日一样，无忧无虑地来了吴淞口。邸先生望着岸上的大火，对加多怜说："这正是我们避乱的机会，我看这仗一时是打不完的，过几年，我们再回来吧！"

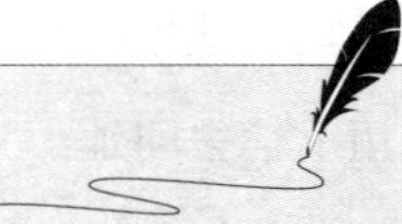

读与思

古语云："德者，本也。财者，末也。"舍本而逐末绝非明智之举。但遗憾的是，在拜金主义的驱使下，有些人也如加多怜一样空虚拜物，丧失了道德底线，丧失了精神家园。重读这篇《无忧花》，在物欲面前，我们应向自己发出灵魂拷问：我们应如何安放我们的灵魂？如何构建我们的精神家园？

海角的孤星（节选）

小说塑造了一对贫贱青年夫妇，表现了他们凄美的爱情故事。小说中，他们生活艰难，命运坎坷，彼此恩爱，忠贞不渝，向往幸福生活，追求甜蜜爱情，最后却以悲剧落幕。作者在小说中感叹“丧妻的悲哀是极神圣的悲哀”，赞美他们之间爱情的纯洁，表达了对生活在贫困之中的人们的深切同情。

一走近舷边看浪花怒放的时候，便想起我有一个朋友曾从这样的花丛中隐藏他的形骸。这个印象，就是到世界的末日，我也忘不掉。

这桩事情离现在已经十年了。然而他在我的记忆里却不像那么久远。他是和我一同出海的，新婚的妻子和他同行。他很穷，自己买不起头等舱位。但因新人不惯行旅的缘故，他乐意把平生的蓄积尽量地倾泻出来，为他妻子订了一间头等舱。他在那头等船票的佣人格上填了自己的名字，为的是省些资财。

他在船上哪里像个新郎，简直是妻的奴隶！旁人的议论，他总是不理会的。他没有什么朋友，也不愿意在船上认识什么朋友，因为他觉得同舟中只有一个人配和他说话。这冷僻的情形，凡是带着妻子出门的人都是如此，何况他是个新婚者？

船向着赤道走，他们的热爱，也随着增长了。东方人的恋爱本带着几分爆发性，纵然遇着冷气，也不容易收缩。他们要去的地方是槟榔屿附近一个新辟的小埠。下了海船，改乘小舟进去，小河边满是椰子、棕枣和树胶林。轻舟载着一对新人在这神秘的绿荫底下经过，赤道下的阳光又送了他们许多热情、热觉、热血汗，他们更觉得身外无人。

他对新人说：“这样深茂的林中，正合我们幸运的居处。我愿意和你永远住在这里。”

新人说：“这绿得

不见天日的林中，只做浪人的坟墓罢了……”

他赶快截住说：“你老是要说不吉利的话！然而在新婚期间，所有不吉利的语言都要变成吉利的。你没念过书，哪里知道这林中的树木所代表的意思。书里说‘椰子是得子息的徽识树’，因为椰子就是‘迓子’。棕枣是表明爱与和平。树胶要把我们的身体粘得非常牢固，至于分不开。你看我们在这林中，好像双星悬在鸿蒙的穹苍下一般。双星有时被雷电吓得躲藏起来，而我们常要闻见许多歌禽的妙音和无量野花的香味。算来我们比双星还快活多了。”

新人笑说：“你们念书人的能干只会在女人面前搬唇弄舌吧，好听极了！听你的话语，也可以不用那发妙音的鸟儿了，有了别的声音，倒嫌嘈杂！……可是，我的人呐，设使我一旦死掉，你要怎么办呢？”

这一问，真个是平地起雷咧！但不晓得新婚的人何以常要发出这样的问。不错的，死的恐怖，本是和快乐的愿望一齐来的呀。他的眉不由得不皱起来了，酸楚的心却拥出一副笑脸，说：“那么，我也可以做个孤星。”

“咦，恐怕孤不了吧。”

“那么，我随着你去，如何？”他不忍看着他的新人，掉头出去向着流水，两行热泪滴下来，正和船头激成的水珠结合起来。新人见他如此，自然要后悔，但也不能对她丈夫忏悔，因为这种悲哀的霉菌，众生都曾由母亲的胎里传染下来，谁也没法医治的。她只能说："得啦，又伤心什么？你不是说我们在这时间里，凡有不吉利的话语，都是吉利的吗？你何不当作一种吉利话听？"她笑着，举起丈夫的手，用他的袖口，帮助他擦眼泪。

他急得把妻子的手甩开说："我自己会擦。我的悲哀不是你所能擦，更不是你用我的手所能灭掉的，你容我哭一会吧。我自己知道很穷，将要养不起你，所以你……"

妻子忙煞了，急掩着他的口，说："你又来了。谁有这样的心思？你要哭，哭你的，不许再往下说了。"

这对相对无言的新夫妇，在沉默中随着流水湾行，一直驶入林荫深处。自然他们此后定要享受些安泰的生活。然而在那邮件难通的林中，我们何从知道他们的光景？

三年的工夫，一点消息也没有！我以为他们已在林中做了人外的人，也就渐渐把他们忘了。这时，我的旅期已到，买舟从槟榔屿回来。在二等舱上，我遇见一位很熟的旅客。我左右思量，总想不起他的姓名，幸而他还认识我，他一见我便叫我说："落君，我又和你同船回国了！你还记得我吗？我想我病得这样难看，你决不能想起我是谁。"他说我想不起，我倒想起来了。

我很惊讶，因为他实在是病得很厉害了。我看见他妻子不在身边，只有一个咿呀学舌的小婴孩躺在床上。不用问，也可断定那是他的子息。

他倒把别来的情形给我说了。他说："自从我们到那里，她就病起来。第二年，她生下这个女孩，就病得更厉害了。唉，幸运只许你空想的！你看她没有和我一同回来，就知道我现在确实成为孤星了。"

实际上，小女孩在小说中出现了两次，不妨找来原文阅读。有人认为有关小女孩的情节是多余的，应该删去；也有人认为有关小女孩的情节是不可或缺的，是小说的有机组成部分。你怎么看呢？

别话

许地山的父亲许南英是位多情的诗人，他与许地山的母亲感情深厚。父亲的情感经历对许地山有一定的影响。许地山与发妻林月森感情至纯，然而天堂般美好的爱情理想随着林月森的抱病身亡化为泡影。《别话》就体现了夫妻二人意笃情深和诀别的凄凉。

素辉病得很重，离她停息的时候不过是十二个时辰了。她丈夫坐在一边，一手支颐，一手把着病人的手臂，宁静而恳挚的眼光都注在他妻子的面上。

黄昏的微光一分一分地消失，幸而房里都是白的东西，眼睛不至于失了他们的辨别力。屋里的静默，早已布满了死的气色。看护妇又不进来，她的脚步声只在门外轻轻地踱过去，好像告诉屋里的人说："生命的步履不往这里来，离这里渐次远了。”

强烈的电光忽然从玻璃泡里的金丝发出来。光的浪把那病人的眼睑冲开。丈夫见她这样，就回复他的希望，恳挚地说：“你——你醒过来了！”

素辉好像没听见这话，眼望着他，只说别的。她说：“嗳，珠儿的父亲，在这时候，你为什么不带她来见见我？”

“明天带她来。”

屋里又沉默了许久。

“珠儿的父亲呐，因为我身体软弱、多病的缘故，教你牺牲许多光阴来看顾我，还阻碍你许多比服侍我更要紧的事，我实在对你不起。我的身体实不容我……”

“不要紧的，服侍你也是我应当做的事。”

她笑。但白的被窝中所显出来的笑容并不是欢乐的标识。她说：“我很对不住你，因为我不曾为我们生下一个男儿。”

“哪里的话！女孩子更好。我爱女的。”

凄凉中的喜悦把素辉身中预备要走的魂拥回来。她的精神似乎比前强些，一听丈夫那么说，就接着道：“女的本不足

爱：你看许多人——连你——为女人惹下多少烦恼！……不过是——人要懂得怎样爱女人，才能懂得怎样爱智慧。不会爱或拒绝爱女人的，纵然他没有烦恼，他是万灵中最愚蠢的人。珠儿的父亲，珠儿的父亲呐，你佩服这话吗？”

这时，就是我们——旁边的人——也不能为珠儿的父亲想出一句答辞。

“我离开你以后，切不要因为我，就一辈子过那鳏夫的生活。你不要为我的缘故，依我方才的话爱别的女人。”她说到这里把那只几乎动不得的右手举起来，向枕边摸索。

“你要什么？我替你找。”

“戒指。”

丈夫把她的手扶下来，轻轻在她枕边摸出一只玉戒指来递给她。

“珠儿的父亲，这戒指虽不是我们订婚用的，却是你给我的。你可以存起来，以后再给珠儿的母亲，表明我和她的连属。除此以外，不要把我的东西给她，恐怕你要当她是我，不要把我们的旧话说给她听，恐怕她要因你的话就生出差别心，说你爱死的妇人甚于爱生的妻子。”她把戒指轻轻地套在丈夫左手的无名指上。丈夫随着扶她的手与他的唇边略一接触。妻子对于这番厚意，只用微微睁开的眼睛看着他。除掉这样的回报，她实在不能表现什么。

丈夫说：“我应当为你做的事，都对你说过了。我再说一句，无论如何，我永久爱你。”

“咦，再过几时，你就要把我的尸体扔在荒野中了！虽然我不常住在我的身体内，可是人一离开，再等到什么时候，在什么地方才能互通我们恋爱的消息呢？若说我们将要住在天堂的话，我想我也永无再遇见你的日子，因为我们的天堂不一样。你所要住的，必不是我现在要去的。何况我还不配住在天堂。我虽不信你的神，我可信你所信的真理。纵然真理有能力，也不为我们这小小的缘故就永远把我们结在一块。珍重吧，不要爱我于离别之后。”

丈夫既不能说什么话，屋里只可让死的静寂占有了。楼底下恍惚敲了七下自鸣钟。他为尊重医院的规则，就立起来，握着素辉的手说：“我的命，再见吧，七点钟了。”

“你不要走，我还和你谈话。”

“明天我早一点来，你累了，歇歇吧。”

“你总不听我的话。”她把眼睛闭了，显出很不愿意的样子。丈夫无奈，又停住片时，但她实在累了，只管躺着，也没有什么话说。

丈夫轻轻蹑出去。一到楼口，那脚步又退后走，不肯下去。他又蹑回来，悄悄到素辉床边，见她显着昏睡的形态，苦涩的泪点滴不下来，只挂在眼睑之间。

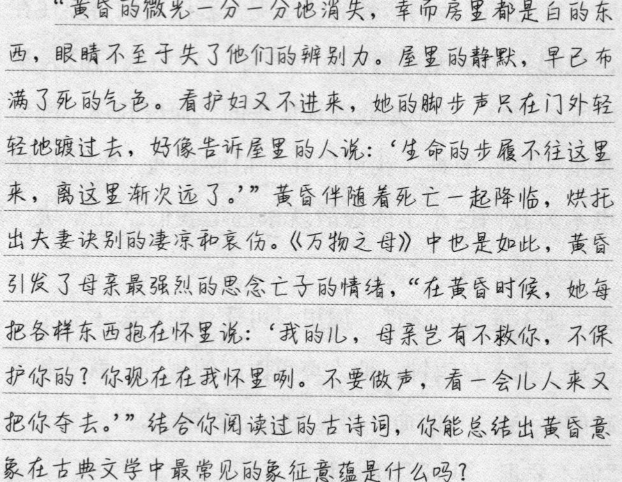

“黄昏的微光一分一分地消失，幸而房里都是白的东西，眼睛不至于失了他们的辨别力。屋里的静默，早已布满了死的气色。看护妇又不进来，她的脚步声只在门外轻轻地踱过去，好像告诉屋里的人说：‘生命的步履不往这里来，离这里渐次远了。’”黄昏伴随着死亡一起降临，烘托出夫妻诀别的凄凉和哀伤。《万物之母》中也是如此，黄昏引发了母亲最强烈的思念亡子的情绪，“在黄昏时候，她每把各样东西抱在怀里说：‘我的儿，母亲岂有不救你，不保护你的？你现在在我怀里咧。不要做声，看一会儿人来又把你夺去。’”结合你阅读过的古诗词，你能总结出黄昏意象在古典文学中最常见的象征意蕴是什么吗？

萤灯（节选）

◇◇◇

小说《萤灯》中，一场真挚的爱情给处于仇恨和冲突中的两国带来了和平和友好。作者笔下，小小的萤烛、处于弱者地位的女性，以及爱能给仇恨带来和平，彰显了“爱”在这个世界的不可或缺和重要。这也反映了许地山的思想：爱是生命、人生活力的源泉，社会必须用“爱”来维系其存在，人只能在奉献中实现其生命价值。

从前西方有一个康国，人民富庶，土地膏腴，因而时常被较贫乏的邻国瓶原所侵略。康国在位的常喜王只有一个儿子，名叫难胜，很勇敢强健，容貌也非常的美，远看着他站在殿上就像一根玉柱立着一样。有一次，瓶原人又来侵犯边境，难胜太子便请求父王给他一支军队，由他领出都门去抵御寇敌。常喜王因为爱他太甚，舍不得教他上前敌，没有应许他。无奈难胜时刻地申请，常喜王就给他一个难题，说："若是你必要上前敌去的话，除非是不用油和蜡，也不用火把，能够把那座灯台点亮了才可以。这是要试验你的智力，因为战争是不能单靠勇力的。"

难胜随着父王所指的地方看去，只见大堂当中安着一座很大很大的灯台，一丈多高，周围满布着小灯，各色各样的玻璃罩子罩在各盏灯上，就是不点也觉得它很美丽。父王指着给他看过之后，便垂着头到外殿去了。难胜走到灯台跟前，细细地观察它。原来那灯台是纯金打成的，台柱满镶上各样宝贝。因为受宝光的炫惑，使他不由得不用手去触摸那上头的各个宝饰。他触到一颗红宝的时候，忽然把柱上的一扇门打开了。这个使他很诧异，因为宫里的好东西太多了，那座灯台放在堂中从来也没人注意过，没人知道它的构造，甚至是在什么时代传下来的，连宫里最老的太监都不知道。国王舍不得用它，怕把它弄脏了，所以只当作一种奇物陈设着。那台柱的直径有三尺左右，台座能容一个人躺下还有很宽裕的空间。它支持着一千盏灯，想来是世间最大的灯台。难胜踏进台柱里去，门一关，正好把自己藏在里头。他蹲下去，躺在台座里，仰望着各色的小圆光从各种宝石透射进来，真是好看。他又理会座上铺着一层厚垫子，好像是预备给人睡的。他想这也许是宫里的一个临时避难所，外边有什么变故，国王尽可以避到这里头来。但是他父亲好像不知道有这个地方，不然，怎么一向没听见他说过，也没人见他开过这扇门？他胡思乱想了一阵，几乎忘了他父亲所要求于他的事情。过了一会，他才想回来，立刻站起，开了门，从原处跳出来。他把门关好，绕着灯台一面望，一面想着方才的问题。

几天之后，战争的消息越发不利了。难胜却还想不出一个不用油、蜡等物而可以把那座灯台点起来的方法。可是他心里生出一个别的计划。他想万一敌人攻到都城附近，父王难免领兵出去迎战，假如不幸城被攻破，宫里的宝物一定会被掠夺尽的。他虽然能战，无奈一个兵也没有，无论如何，是不成功；不如藏在灯台里头，若是那东西被搬到羝原去，他便可以找机会出来报复。他想定了，便把干粮、水和一切应备的用具及心爱的宝贝、兵器，都预先藏在灯台里头。

果然不出所料，强寇竟破了都城，常喜王也阵亡了。全城到处起火，号哭和屠杀的惨声已送到宫里。太子立刻教他的学伴慧思自想方法逃避些时，他又告诉了他的计策。难胜看见慧思走了，自己才从容地踏进灯台去。不到一顿饭的工夫，敌兵已进入王宫，到处搜掠东西。一群兵士走到灯台跟前，个个认定是金的，都争着要动手击毁，以为人人可以平分一份。幸而主帅来到，说："这灯台是要献给大王的，不许毁坏。"大家才不敢动手。他教十几个兵士守着，当天把它搬上火车，载回本国去。

“好美的灯台！”瓶原国的王鸢眼看见元帅把战利品排在宝座前的时候这么说。他命人把它送到他最喜欢的玉华公主的寝室去。难胜躺在灯台里，听见这话，暗中叫屈，因为他原来是希望被放在国王的寝宫里，好乘机会杀了他的。但是他一声也不敢响，安然地被放在公主的房里。

公主进来，叫宫女们都来看这新受赐的宝灯，人人看了都赞美一番。有一个宫女说：“这灯台来得正好，过两个月，不是公主的生日吗？我们可以把它点起来，请大王和王后来赏玩。”

“这得用多少油呢？”另一个宫女这样问。她数着，忽然发觉了什么似的，嚷起来：“你看！这灯台是假的！”大家以为她有什么发现，都注视着她。她却说：“没有油盏，怎样点呢？”又一个说：“就使有油盏，一千盏灯，得多少人来点？”当下议论纷纷，毫无结果。玉华也被那上头的宝光眩惑住，不去注意点它的方法。

夜深了，玉华睡在床上，宫女们也歇息去了。难胜轻轻地从灯台跳出来，手里拿着一把刀，慢慢踱到公主的床边。在细微的灯光底下，看见她躺着，直像对着一片被月光照耀的银渚。他看呆了，因为世间从来没有比对着这样一个美人更能动人心情的事。他没想着那是仇人的女儿，反而发生了恋慕的情怀。他把刀放下，从身上取出一个小金盒，打开，在灯光底下用小刀轻轻地刻了几个字：“送给最可爱的公主。”刻完之后，合回去，轻微地放在公主的枕边。他不敢惊动公主，只守着她，到听见掌灯火的宫女的脚步声，才急忙地踏进灯台去。

第二天早晨，公主醒来，摸着枕边的小金盒，就非常惊异。可是她不敢声张，心里怀疑是什么天神鬼怪之类。晚烟又上来了，公主回到寝室去。到第二天早晨，她在枕边又得到一个很宝贵的戒指。这样一连好些日子，什么手镯、足钏、耳环、臂缠种种女子喜欢的装饰品都莫名其妙地从枕头边得着了，而且比她在大典大节时候所用的还要好得多。原来康国的风俗，男女的装饰品没有多大的分别，他所赠予的，都是他日常所用的。

公主倒好奇起来了，她立定主意要看看夜间那来送东西的人物。但是她常熟睡，候了好几夜都没看见。最后，她不告诉别人，自己用针把小指头刺伤，为的是教夜间因痛而睡不着。到夜静之后，果然看见灯台的中柱开了一扇门，从门里跳出一个美男子来。她像往时一样，睡在床上，两眼却微微地开着。那男子走近床边，正要把一颗明珠放在她枕边，她忽然坐起来，问："你是谁？"

难胜看见她起来，也不惊惶，从容地回答："我是你的俘虏。"

"你是灯台精吧？"

"我是人，是难胜太子。你呢？"

"我名叫玉华。"

公主也曾听人说过难胜太子的才干，一来心里早已羡慕，二来要探探究竟，于是下床把灯弄亮了，请他坐下。彼此相对着，便互相暗赞彼此的美丽。从此以后，每夜两人必聚谈些时，才各自睡去。从此以后，公主也命人每日多备些好吃的东西，放在房里。这样日子久了，就惹起宫女们的疑惑，她们想着公主的食粮忽然增加起来，而且据她说都是要在夜间睡了一会才起来吃的。不但如此，洗衣服的宫女也理会到常洗着奇怪的衣服，不是公主平日所穿的。她们大家都以为公主近来有点奇怪，大家都愿意轮流着伺察她在夜间的动静。

自从玉华与难胜亲热之后，公主便不许任何人在她睡后到她的卧室里，连掌灯的宫女也不教进去。她也不要灯光了。她住的宫廷是靠着一个池塘，在月明之夜，两人坐在窗边，看月光印在水里，玉簪和晚香玉的香气不时掠袭过来，更帮助了他们相爱的情。在众星历落的时分，就有无数的萤火像拿着灯的一群小仙人在树林中做闲逸的夜游。他俩每常从窗户跳出去，到水边坐下谈心。在幽静的夜间，彼此相对着，使他们感到天地间的一切都是属于他们的。

宫女们轮流侦察的结果，使宫中遍传公主着了邪魔。有些说听见公主在池边和男子谈话，有些说看见一个人影走近灯台就不见了。但是公主一点也不知道大家的议论，她还是每夜与难胜相会，虽然所谈的几乎是一样的话，可是在他们彼此听来，就像唱着一阕百听不厌的妙歌，虽然唱了再唱，听过再听，也不觉得是陈腐。

这事情教王后知道了，她怕公主被盘问不好意思，只教人把灯台移到大堂中间。公主很不愿意，但王后对她说："你的生日快到了，留着那珍贵的灯台不点做什么？"

"儿不愿意看见这灯台被弄脏了，除非妈妈能免掉用油蜡一类的东西，使全座灯台用过像没用一样，儿才愿意。"玉华公主这个意思当然是从难胜得着的。难胜父王把难题交给他，公主又同调地把它交给母后。可是她的母亲并不重视她的难题，只说："要灯台不脏还不容易吗？难道我们没有夜明珠？我到你父亲宝库里拣出一千颗出来放在灯盏上不就成了吗？"

她于是教人到库里去要，可是真正的夜明珠是不容易得到，司宝库的官吏就给王后出一个主意，教她还是把工匠招来，做上一千盏灯，说明不许用油和蜡。工匠得了这个难题便到处请教人家，至终给他打听出一个方法。

他听见人说在北方很远的地方有个山坑，恒常地发出一种气体，那里的人不点油，不用蜡，只用那种气。他想这个很符合王后的要求，于是请求王后给他多些日子预备，把灯盏的大小量好，骑着千里马到那地方去。他看见当地的人们用猪膀胱来盛那种气体，便搜集了两千个，用好几天的工夫把它们充满了，才赶程回都城去。

在预备着灯盏的时候，玉华老守着那座灯。甚至晚上也铺上一张行床在旁边。王后不愿意太拂她的意思，只令一个侍女在她身边侍候。在侍女躺在床上的时候，她用一种安眠香轻轻地放在她鼻孔旁边，这样可以使她一觉睡到天明。玉华仍然可以和难胜在大堂的一个犄角的珠幔底下密谈。

工匠回到都城，将每个猪膀胱都嵌在金球里，每个金球的上端露出一根小小的气管，远看直像一颗金橙子。管与球的连接处有个小掣可以拧动。那就是管制灯火大小的关键。好容易把一千个灯球做好了，把一千个猪膀胱装进去，其余一千个留着替换。

玉华的生日到了。国王与王后为她开了很大的宴会，当夜把灯台上的一千盏灯点着了。果然一点油脏和煤炱都没有，而且照得满庭光亮无比。正在歌舞得高兴的时候，台柱里忽然跳出一个人，吓得贵族们都各自躲藏起来。他们都以为是神怪出现。玉华也吓愣了。原来难胜在灯台里受不了一千盏灯火的热，迫得他要跳出来。国王的侍卫们没等他走到王跟前就把他逮起来。王在那里审问他，知道他是什么人以后，就把他送到牢里去。

玉华要上前去拦住，反被父王申斥了一顿，不由得大哭着往自己的寝室去了。

自从那晚上起，玉华老躺在床上，像害很重的病，什么都不进口。王后着急，鸢眼王也很心痛，因为他们只有这个爱女。王后劝王把难胜放出来与她结婚，鸢眼王为国仇的关系老不肯点头。他一面教把难胜刑罚得遍体受伤，把他监在城外一个暗洞；一面教宣令官布告全国寻找名医。这样的病，不说全国，就是全世界也少有人能够把它治好的。现在先要办的事是用方法教玉华吃东西，因为她的身体越来越荏弱了。

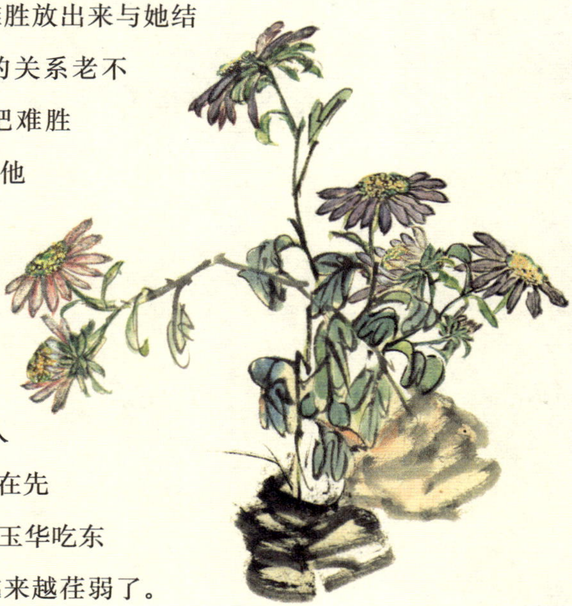

御膳房所做的羹汤没有一样是她要吃的。王于是命令全国的人都试做一碗或一盆菜羹，如公主吃了那人所做的东西，他就得受很宝贵的奖品，而且可以自己挑选。

在许地山生活的时代，用“爱”去改造社会，变革时代，未免幼稚和空谈。但今天重温这篇小说，你觉得有现实意义吗？

桃金娘

在许地山的小说中，关怀和救护人的人格品质是他塑造人物形象的突出要素，是他描摹人生本质与意义的重点所在。《桃金娘》中，金娘虽然遭受洞主的鄙视、银姑的霸凌和姑母的虐待，但她丝毫没有怀恨在心，而是在洞人需要她的时候，仍然自愿地、无条件地回到他们中间，帮助他们。这种爱是博大的。金娘的形象感人至深，在她身上也寄托了作家对美好人性的向往。

桃金娘是一种常绿灌木，粤、闽山野很多，叶对生，夏天开淡红色的花，很好看的。花后结圆形像石榴的紫色果实。有一个别名广东土话叫作“冈拈子”，夏秋之间结籽像小石榴，色碧绛，汁紫，味甘，牧童常摘来吃，市上却很少见。还有常见的蒲桃，及莲雾（土名鬼蒲桃），也是桃金娘科的植物。

一个人没有了母亲是多么可悲呢！我们常看见幼年的孤儿所遇到的不幸，心里就会觉得在母亲的庇荫底下是很大的一份福气。我现在要讲从前一个孤女怎样应付她的命运的故事。

在福建南部，古时都是所谓“洞蛮”住着的。他们的村落是依着山洞建筑起来，最著名的有十八个洞。酋长就住在洞里，称为洞主。其余的人们搭茅屋围着洞口，俨然是聚族而居的小民族。十八洞之外有一个叫作仙桃洞，出的好蜜桃，民众都以种桃为业，拿桃实和别洞的人们交易，生活倒是很顺利的。洞民中间有一家，男子都不在了，只剩下一个姑母和一个小女儿金娘。她生下来不到一个月，父母在桃林里被雷劈死了。迷信的洞民以为这是他们二人犯了什么天条，连他们的遗孤也被看为不祥的人。所以金娘在社会里是没人敢与她来往的。虽然她长得绝世的美丽，村里的大歌舞会她总不敢参加，怕人家嫌恶她。

她有她自己的生活，她也不怨恨人家，每天帮着姑母做些纺织之外，有工夫就到山上去找好看的昆虫和花草。有时人看见她戴得满头花，便笑她是个疯女子，但她也不在意。她把花草和昆虫带回茅寮里，并不是为玩，乃是要辨认各样的形状和颜色，好照样在布匹上织上花纹。她是一个多么聪明的女子呢！姑母本来也是很厌恶她的，从小就骂她、打她，说她不晓得是什么妖精下凡，把父母的命都送掉。但自金娘长大之后，会到山上去采取织纹的样本，使她家的出品受洞人们的喜欢，大家拿很贵重的东西来互相交易，她对侄女的态度变好了些，不过打骂还是不时会有的。

因为金娘家所织的布花样都是日新月异的，许多人不知不觉地就忘了她是他们认为不祥的女儿，在山上常听见男子的歌声，唱出底下的词句：

你去爱银姑，
我却爱金娘。
银姑歌舞虽漂亮，
不如金娘衣服好花样。
歌舞有时歇，
花样永在衣裳上。
你去爱银姑，
我来爱金娘，
我要金娘给我做的好衣裳。

银姑是谁？说来是很有势力的。她是洞主的女儿，谁与她结婚，谁就是未来的洞主。所以银姑在社会里，谁都得巴结她。因为洞主的女儿用不着十分劳动，天天把光阴消磨

在歌舞上，难怪她舞得比谁都好。她可以用歌舞教很悲伤的人快乐起来，但是那种快乐是不恒久的，歌舞一歇，悲伤又走回来了。银姑只听见人家赞她的话，现在来了一个艺术的敌人，不由得嫉妒心发作起来，在洞主面前说金娘是个狐媚子，专用颜色来蛊惑男人。洞主果然把金娘的姑母叫来，问她怎样织成蛊惑男人的布匹，她一定是使上巫术在所织的布上了。必要老姑母立刻把金娘赶走，若是不依，连她也得走。姑母不忍心把这消息告诉金娘，但她已经知道她的意思了。

她说："姑妈，你别瞒我，洞主不要我在这里，是不是？"

姑母没作声，只看着她还没织成的一匹布滴泪。

"姑妈，你别伤心，我知道我可以到一个地方去。你照样可以织好看的布。你知道我不会用巫术，我只用我的手艺。你如要看我的时候，可以到那山上向着这种花叫我，我就会来与你相见的。"金娘说着，从头上摘下一枝淡红色的花递给她的姑母，又指点了那山的方向，什么都不带就往外走。

"金娘，你要到哪里去，也得告诉我一个方向，我可以找你去。"姑母追出来这样对她说。

"我已经告诉你了，你到那山上，见有这样花的地方，只要你一叫金娘，我就会到你面前来。"她说着，很快地就消失在树林里了。

原来金娘很熟悉山间的地理，她知道在很多淡红花的所在有许多野果可以充饥。在那里，她早已发现了一个仅可容人的小洞，洞里的垫褥都是她自己手织的顶美的花布。她常在那里歇息，可是一向没人知道。

村里的人过了好几天才发现金娘不见了，他们打听出来是因为一首歌激怒了银姑，就把金娘撵了。于是大家又唱起来：

谁都恨银姑，
谁都爱金娘。
银姑虽然会撒谎，
不能涂掉金娘的花样。
撒谎涂污了自己，
花纹还留衣裳上。
谁都恨银姑，
谁都想金娘，
金娘回来，给我再做好衣裳。

银姑听了满山的歌声都是怨她的词句，可是金娘已不在面前，也发作不了。那里的风俗是不能禁止人唱歌的。唱歌是民意的表示，洞主也很诧异为什么群众那么喜欢金娘。有一天，他召集族中的长老来问金娘的好处。长老们都说她是一个顶聪明勤劳的女子，人品也好，所差的就是她是被雷劈的人的女儿；村里有一个这样的人，是会起纷争的。看现在谁都爱她，将来难保大家不为她争斗，所以把她撵走也是一个办法。洞主这才放了心。

天不作美，一连有好几十天的大风雨，天天有雷声绕着桃林。这教村里人个个担忧，因为桃子是他们唯一的资源。假如桃树教风拔掉或教水冲掉，全村的人是要饿死的。但是村人不去防卫桃树，却忙着把金娘所织的衣服藏在安全的地方。洞主问他们为什么看金娘所织的衣服比桃树重。他们就唱说：

桃树死掉成枯枝，
金娘织造世所稀。
桃树年年都能种，
金娘去向无人知。

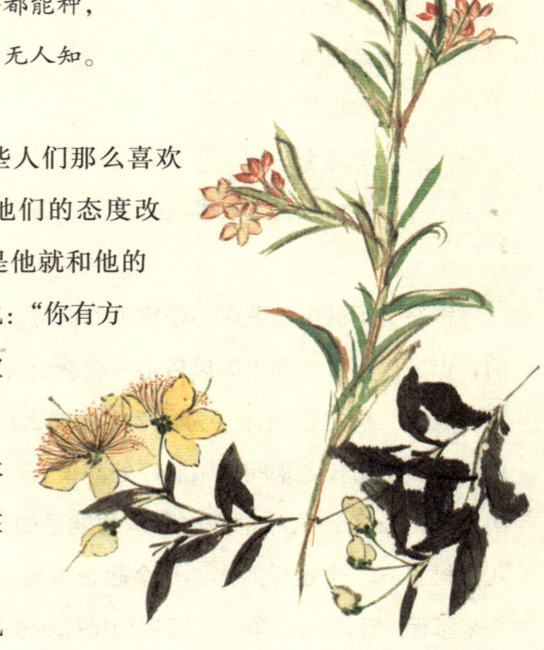

洞主想着这些人们那么喜欢金娘，必得要把他们的态度改变过来才好。于是他就和他的女儿银姑商量，说：“你有方法叫人们再喜欢你吗？”

银姑唯一的本领就是歌舞，但在大雨滂沱的时候，任她的歌声嘹亮也敌不过雷音泉响，任她的舞态轻盈，也踏不了泥淖砾场。她想了一个主意，走到金娘的姑母家，问她金娘的住处。

“我不知道她住在哪里，可是我可以见着她。”姑母这样说。

“你怎样能见着她呢？你可以教她回来吗？”

“为什么又要她回来呢？”姑母问。

“我近来也想学织布，想同她学习学习。”

姑母听见银姑的话就很欢喜地说：“我就去找她。”说着披起蓑衣就出门。银姑要跟着她去，但她阻止她说：“你不能跟我去，因为她除我以外，不肯见别人。若是有人同我去，她就不出来了。”

银姑只好由她自己去了。她到山上，摇着那红花，叫：“金娘，你在哪里？姑妈来了。”

金娘果然从小林中踏出来，姑母告诉她银姑怎样要跟她学织纹。她说：“你教她就成了，我也没有别的巧妙，只留神草树的花叶，禽兽的羽毛，和到山里找寻染色的材料而已。”

姑母说：“自从你不在家，我的染料也用完了，怎样染也染不出你所染的颜色来。你还是回家把村里的个个女孩子都教会了你的手艺吧。”

“洞主怎样呢？”

“洞主的女儿来找我，我想不至于难为我们吧。”

金娘说：“最好是叫银姑在这山下搭一所机房，她如诚心求教，就到那里去，我可以把一切的经验都告诉她。”

姑母回来，把金娘的话对银姑说。银姑就去求洞主派人到山下去搭棚。众人一听见是为银姑搭的，以为是为她的歌舞，都不肯去做，这教银姑更嫉妒。她当着众人说："这是为金娘搭的。她要回来把全洞的女孩子都教会了织造好看的花纹。你们若不信，可以问问她的姑母去。"

大家一听金娘要回来，好像吃了什么兴奋药，都争前恐后地搭竹架子，把各家存着的茅草搬出来。不到两天工夫，在阴晴不定的气候中把机房盖好了。一时全村的女儿都齐集在棚里，把织机都搬到那里去，等着金娘回来教导她们。

金娘在众人企望的热情中出现了，她披着一件带宝光的蓑衣，戴的一顶箨笠，是她在小洞里自己用细树皮和竹箨交织成的。众男子站在道旁争着唱欢迎她的歌：

大雨淋不着金娘的头；
大风飘不起金娘的衣。
风丝雨丝，
金娘也能接它上织机；
她是织神的老师。

金娘带着笑容向众男子行礼问好，随即走进机房与众妇女见面。一时在她指导的下，大家都工作起来。这样经过三四天，全村的男子个个都企望可以与她攀谈，有些提议晚间就在棚里开大宴会。因为她回来，大家都高兴了。又因露天地方雨水把土地淹得又湿又滑，所以要在棚里举行。

银姑更是不喜欢，因为连歌舞的后座也要被金娘夺去了。那晚上可巧天晴了，大家格外兴奋，无论男女都预备参加那盛会。每人以穿着一件金娘所织的衣服为荣，最低限度也得搭上一条她所织的汗巾，在灯光底下更显得五光十色。金娘自己呢，她只披了一条很薄的轻纱，近看是像没穿衣服，远见却像是一个人在一根水晶柱子里藏着，只露出她的头—— 一个可爱的面庞向各人微笑。银姑呢，她把洞主所有的珠宝都穿戴起来，只有她不穿金娘所织的衣裳。但与金娘一比，简直就像天仙与独眼老猕猴站在一起。大家又把赞美金娘的歌唱起来，银姑觉得很窘。本来她叫金娘回来就是不怀好意的，现在怒火与妒火一齐燃烧起来，趁着人不觉得的时候，把茅棚点着了，自己还走到棚外等着大变故的发生。

一会火焰的舌伸出棚顶，棚里的人们个个争着逃命。银姑看见那狼狈情形一点也没有恻隐之心，还在一边笑，指着这个说：“吓吓！你的宝贵的衣服烧焦了！”对着那个说：“喂，你的金娘所织的衣服也是禁不起火的！”诸如此类的话，她不晓得说了多少。金娘可在火棚里帮着救护被困的人们，在火光底下更显出她为人服务的好精神。忽然哗啦一声，全个棚顶都塌下来了，里面只听见嚷救的声音。正在烧得猛烈的时候，大雨忽然降下，把火淋灭了。可是四周都是漆黑，火把也点不着，水在地上流着，像一片湖沼似的。

第二天早晨，逃出来的人们再回到火场去，要再做救人的工作，但仔细一看，场里的死尸堆积很多，几乎全是村里的少女。因为发现火头起来的时候，个个都到织机那里，要抢救她们所织的花纹布。这一来可把全洞的女子烧死了一大半，几乎个个当嫁的姑娘都不能幸免。

事定之后，他们发现银姑也不见了。大家想着大概是水流冲击的时候，她随着流水沉没了。可是金娘也不见了！这个使大家很着急，有些不由得流出眼泪来。

雨还是下个不止，山洪越来越大，桃树被冲下来的很多，但大家还是一意找金娘。忽然霹雳一声，把洞主所住的洞也给劈开了，一时全村都乱着逃性命。

过了些日子天渐晴回来，四围恢复了常态，只是洞主不见。他是给雷劈死的，一时大家找不着银姑，所以没有一个人有资格承继洞主的地位。于是大家又想起金娘来，说："金娘那么聪明，一定不会死的。不如再去找找她的姑母，看看有什么方法。"

姑母果然又到山上去，向着那小红花嚷说："金娘，金娘，你回来呀，大家要你回来，你为什么不回来呢？"

随着这声音，金娘又面带笑容，站在花丛里，说："姑妈，要我回去干什么？所有的姑娘都没有了。我还能教谁呢？"

"不，是所有的小伙子要你，你去安慰他们吧。"

金娘于是又随着姑母回到茅寮里，所有的未婚男子都聚拢来问候她，说："我们要金娘做洞主。金娘教我们大家纺织，我们一样地可以纺织。"

金娘说："好，你们如果要我做洞主，你们用什么来拥护我呢？"

"我们用我们的工作来拥护你，把你的聪明传播到各洞去。叫人家觉得我们的布匹比桃实好得多。"

金娘于是承受众人的拥戴做起洞主来。她又教大家怎样把桃树种得格外肥美。在村里，种植不忙的时候，时常有很快乐的宴会。男男女女都能采集染料，和织造好看的布匹，一直做到她年纪很大的时候，把所有织布、染布的手艺都传给众人。最后，她对众人说："我不愿意把我的遗体现在众人面前教大家伤心。我去了之后，你们当中，谁最有本领、最有为大家谋安全的功绩的，谁就当洞主。如果你们想念我，我去了之后，你们看见这样的小红花就会记起我来。"说着她就自己上山去了。

因为那洞本来出桃子，所以外洞的人都称呼那里的众人为"桃族"。那仙桃洞从此以后就以织纹著名，尤其是织着小红花的布，大家都喜欢要，都管它叫作"桃金娘布"。

自从她的姑母去世之后，山洞的方向就没人知道。全洞人只知道那山是金娘往时常到的，都当那山为圣山，每到小红花盛开时候，就都上山去，冥想着金娘。所以那花以后也就叫作

“桃金娘”了。

对于金娘的记忆很久很久还延续着，当我们最初移民时，还常听到洞人唱的：

桃树死掉成枯枝，
金娘织造世所稀。
桃树年年都能种，
金娘去向无人知。

读完这篇文章，禁不住想大声疾呼：即使世界充满邪恶，依旧还有正义和善良；即使人间充满邪恶，我们依旧选择正义和善良。掩卷深思，一个集体或一个社会，怎样让“金娘”这样的人越来越多？我们即使修为不及“金娘”，但能为“金娘”做些什么？

三博士

许地山的后期作品有厚重深广的忧患意识，具体来说，既有对社会现实的忧患，又有更深层次的社会忧患。小说《三博士》中揭露了几个凭着论文《麻雀牌与中国文化》《油炸脍与烧饼的成分》《北京松花的成分》在国外取得学位的所谓博士，出国镀金，回国招摇撞骗，有官就做官，无官可做就办教育的恶劣行径，刻画一群爱慕虚荣的男男女女，批判当时社会的种种畸形现象，同时也能感受到在揭露这些社会毒疮时作者的痛与忧。

窄窄的店门外，贴着“承写履历”“代印名片”“当日取件”“承印讣闻”等等广告。店内几个小徒弟正在忙着，踩得机轮轧轧地响。推门进来两个少年，吴芬和他的朋友穆君，到柜台上。

吴先生说：“我们要印名片，请你拿样本来看看。”

一个小徒弟从机器那边走过来，拿了一本样本递给他，说："样子都在里头啦。请您挑吧！"

他和他的朋友接过样本来，约略翻了一遍。

穆君问："印一百张，一会儿能成吗？"

小徒弟说："得今晚来。一会儿赶不出来。"

吴先生说："那可不成，我今晚七点就要用。"

穆君说："不成，我们今晚要去赴会，过了六点，就用不着了。"

小徒弟说："怎么今晚那么些赴会的？"他说着，顺手从柜台上拿出几匣印得的名片，告诉他们："这几位定的名片都是今晚赴会用的，敢情您两位也是要赴那会去的吧。"

穆君同吴先生说："也许是吧。我们要到北京饭店去赴留美同学化装跳舞会。"

穆君又问吴先生说："今晚上还有大艺术家枚宛君博士吗？"

吴先生说："有他吧。"

穆君转过脸来对小徒弟说："那么，我们一人先印五十张，多给你些钱，马上就上版，我们在这里等一等。现在已经四点半了，半点钟一定可以得。"

小徒弟因为掌柜的不在家，踌躇了一会，最终答应了他们。他们于是坐在柜台旁的长凳上等着。吴先生拿着样本在那里有意无意地翻。穆君一会儿拿起白话小报看看，一会又到机器旁边看看小徒弟的工作。小徒弟正在撤版，要把他的名字安上去，一见穆君来到，便说：“这也是今晚上要赴会用的，您看漂亮不漂亮？”他拿着一张名片递给穆君看。他看见名片上写的是“前清监生，民国特科俊士，美国鸟约克柯蓝卑阿大学特赠博士，前北京市政府特派调查欧美实业专使随员，甄辅仁。”后面还印上本人的铜版造像：一顶外国博士帽正正地戴着，金縫子垂在两个大眼镜正中间，脸模倒长得不错，看来像三十多岁的样子。他把名片拿到吴先生跟前，说：“你看这人你认识吗？头衔倒不寒碜。”

吴先生接过来一看，笑说：“这人我知道，却没见过。他哪里是博士，那年他当随员到过美国，在纽约住了些日子，学校自然没进，他本来不是念书的。但是回来以后，满处告诉人说凭着他在前清捐过功名，美国特赠他一名博士。我知道他这身博士衣服也是跟人借的。你看他连帽子都不会戴，把縫子放在中间，这是哪一国的礼帽呢？”

穆君说：“方才那徒弟说他今晚也去赴会呢。我们在那时候一定可以看见他。这人现在干什么？”

吴先生说：“没有什么事吧。听说他急于找事，不晓得现在有了没有。这种人有官做就去做，没官做就想办教育，听说他现在想当教员呐。”

两个人在店里足有三刻钟，等到小徒弟把名片焙干了，拿出来交给他们。他们付了钱，推门出来。

在街上走着，吴先生对他的朋友说：“你先去办你的事，我有一点事要去同一个朋友商量，今晚上北京饭店见吧！”

穆君笑说：“你又胡说了，明明为去找何小姐，偏要撒谎。”

吴先生笑说：“难道何小姐就不是朋友吗？她约我到她家去一趟，有事情要同我商量。”

穆君说：“不是订婚吧？”

“不，绝对不。”

“那么，一定是你约她今晚上同到北京饭店去，人家不去，你定要去求她，是不是？”

“不，不。我倒是约她来的，她也答应同我去。不过她还有话要同我商量，大概是属于事务的，与爱情毫无关系吧！”

“好吧，你们商量去，我们今晚上见。”

穆君自己上了电车，往南去了。

吴先生雇了洋车，穿过几条胡同，来到何宅。门役出来，吴先生给他一张名片，说：“要找大小姐。”

仆人把他的名片送到上房去。何小姐正和她的女朋友黄小姐在妆台前谈话，便对当差的说：“请到客厅坐吧，告诉吴先生说小姐正会着女客，请他候一候。”仆人答应着出去了。

何小姐对她朋友说："你瞧，我一说他，他就来了。我希望你喜欢他。我先下去，待一会儿再来请你。"她一面说，一面烫着她的头发。

她的朋友笑说："你别给我瞎介绍啦。你准知道他一见便倾心吗？"

"留学生回国，有些是先找事情后找太太的，有些是先找太太后谋差事的。有些找太太不找事，有些找事不找太太，有些什么都不找。像我的表哥辅仁他就是第一类的留学生。这位吴先生可是第二类的留学生。所以我把他请来，一来托他给辅仁表哥找一个地位，二来想把你介绍给他。这不是一举两得吗？他急于成家，自然不会很挑眼。"

女朋友不好意思搭腔，便换个题目问她说："你那位情人，近来有信吗？"

"常有信，他也快回来了。你说多快呀，他前年秋天才去的，今年便得博士了。"何小姐很得意地说。

"你真有眼。从前他与你同在大学念书的时候，他是多么奉承你呢！若他不是你的情人，我一定要爱上他。"

"那时候你为什么不爱他呢？若不是他出洋留学，我也没有爱他的可能。那时他多么穷呢，一件好衣服也舍不得穿，一顿饭也舍不得请人吃，同他做朋友面子上真是有点不好过。我对于他的爱情是这两年来才发生的。"

"他倒是装成的一个穷孩子。但他有特别的聪明，样子也很漂亮，这会回来，自然是格外不同了。我最近才听见人说他祖上好几代都是读书人，不晓得他告诉你没有。”

何小姐听了，喜欢得眼眉直动，把烫钳放在酒精灯上，对着镜子调理她的两鬓。她说：“他一向就没告诉过我他的家世。我问他，他也不说。这也是我从前不敢同他交朋友的一个原因。”

她的朋友用手捋捋她脑后的头发，向着镜里的何小姐说：“听说他家里也很有钱，不过他喜欢装穷罢了。你当他真是一个穷鬼吗？”

“可不是，他刚出国的时候，还说他的路费和学费都是别人的呢。”

“用他父母的钱也可以说是别人的。”她的朋友这样说。

“也许他故意这样说吧。”她越发高兴了。

黄小姐催她说：“头发烫好了，你快下去吧。关于他的话还多着呢。回头我再慢慢地告诉你。教客厅里那个人等久了，不好意思。”

“你瞧，未曾相识先有情。多停一会儿就把人等死了！”她奚落着她的女朋友，便起身要到客厅去。走到房门口正与表哥辅仁撞个满怀。表妹问：“你急什么？险些儿把人撞倒！”

“我今晚上要化装做交际明星，借了这套衣服，请妹妹先给我打扮起来，看看时样不时样。”

“你到妈屋里去，教丫头们给你打扮吧。我屋里有客，不方便。你打扮好就到那边给我去瞧瞧。瞧你净以为自己很美，净想扮女人。”

“这年头扮女人到外洋也是博士待遇，为什么扮不得？”

“怕的是你扮女人，会受‘游街示众’的待遇。”

她到客厅，便说：“吴博士，久候了，对不起。”

“没有什么。今晚上你一定能赏脸吧？”

“岂敢。我一定奉陪。您瞧我都打扮好了。”

主客坐下，叙了些闲话。何小姐才说她有一位表哥甄辅仁现在没有事情，好歹在教育界给他安置一个地位。在何小姐方面，本不晓得她表哥在外洋到底进了学校没有。她只知道他是借着当随员的名义出国的。她以为一留洋回来，假如倒霉也可以当一个大学教授，吴先生在教育界很认识些可以为力的人，所以非请求他不可。在吴先生方面，本知道这位甄博士的来历，不过不知道他就是何小姐的表兄。这一来，他也不好推

辞，因为他也有求于她。何小姐知道他有几分爱她，也不好明明地拒绝，当他说出情话的时候，只是笑而不答。她用别的话来支开。

她问吴博士说："在美国得博士不容易吧？"

"难极啦！一篇论文那么厚。"他比仿着，接下去说，"还要考英、俄、德、法几国文字，好些老教授围着你，好像审犯人一样。稍微差了一点，就通不过。"

何小姐心里暗喜，喜的是她的情人在美国用很短的时间，能够考上那么难的博士。

她又问："您写的论文是什么题目？"

"凡是博士论文都是很高深、很专门的。太普通和太浅近的，不说写，把题目一提出来，就通不过。近年来关于中国文化的论文很时兴，西方人厌弃他们的文化，想得些中国文化去调和调和。我写的是一篇《麻雀牌与中国文化》。这题目重要极了。我要把麻雀牌在中国文化和世界文化的地位介绍出来。我从中国经书里引出很多的证明，如《诗经》里'谁谓雀无角，何以穿我屋'的'雀'便是麻雀牌的'雀'。为什么呢？真的雀哪会有角呢？一定是麻雀牌才有八只角呀。'穿我屋'表示当时麻雀很流行，几乎家家都穿到的意思。可见那时候的生活很丰裕，像现在的美国一样。这个铁证，无论哪一个学者都不能推翻。又如'索子'本是'竹子'，宁波音读'竹'为'索'，也是我考证出来的。还有一个理论是麻雀牌的名字是从‘一竹’得来的。做牌的人把‘一竹’雕成一只鸟的样子，没有学问的人便叫它作‘麻雀’，其实是一只凤，取‘鸣凤在竹’的意思。这个理论与我刚才说的雀也不冲突，因为凤凰是贵族的，到了作那首诗的时代，已经民众化了，变为小家雀了。此外还有许多别人没曾考证过的理论，我都写在论文里。您若喜欢念，我明天就送一本过来献献丑。请您指教指教。我写的可是英文。我为那论文花了一千多块美金。您看要在外国得个博士多难呀，又得花时间，又得花精神，又得花很多的金钱。”

何小姐听他说得天花乱坠，也不能评判他说的到底是对不对，只一味地称赞他有学问。她站起来，说：“时候快到了，请你且等一等，我到屋里装饰一下就与你一同去。我还要介绍一位甜人给你。我想你一定会很喜欢她。”她说着便自出去了。吴博士心里直盼着要认识那人。

她回到自己屋里，见黄小姐张皇地从她的床边走近前来。

“你放什么在我床里啦？”何小姐问。

“没什么。”

“我不信。”何小姐一面说一面走近床边去翻她的枕头。她搜出一卷筒的邮件，指着黄小姐说，“你还捣鬼！”

黄小姐笑说：“这是刚才外头送进来的。所以把它藏在你的枕底，等你今晚上回来，可以得到意外的喜欢。我想那一定是你的甜心寄来的。”

“也许是他寄来的吧。”她说着，一面打开那卷筒，原来是一张文凭。她非常地喜欢，对着她的朋友说：“你瞧，他的博士文凭都寄来给我了！多么好看的一张文凭呀，羊皮做的！”

她们一同看着上面的文字和金印。她的朋友拿起空筒子在那里摩挲着，显出是很羡慕的样子。

何小姐说：“那边那个人也是一个博士呀，你何必那么羡慕我的呢？”

她的朋友不好意思，低着头尽管看那空筒子。

黄小姐忽然说：“你瞧，还有一封信呢！”她把信取出来，递给何小姐。

何小姐把信拆开，念着：

最亲爱的何小姐：

我的目的达到，你的目的也达到了。现在我把这一张博士文凭寄给你。我的论文是《油炸脍与烧饼的成分》。这题目本来不难，然而在这学校里，前几年有一位中国学生写了一篇《北京松花的成分》也得着博士学位，所以外国博士到底是不难的。论文也不必选很艰难的问题。

我写这论文的缘故都是为你，为得你的爱，现在你的爱教我在短期间得到，我的目的已达到了。你别想我是出洋念书，其实我是出洋争口气。我并不是没本领，不出洋本来也可以，无奈迫于你的要求，若不出来，倒显得我没有本领，并且还要冒个“穷鬼”的名字。现在洋也出过了，博士也很容易地得到了，这口气也争了，我的生活也可以了结了。我不是不爱你，但我爱的是性情，你爱的是功名，我爱的是内心，你爱的是外形，对象不同，而爱则一。然而你要知道人类所以和别的动物不同的地方便是在恋爱的事情上，失恋固然可以教他自杀，得恋也可以教他自杀。禽兽会因失恋而自杀，却不会在承领得意的恋爱滋味的时候去自杀，所以和人类不同。

别了，这张文凭就是对于我的纪念品，请你收起来。无尽情意，笔不能宣，万祈原宥。

你所知的男子

“呀！他死了！”何小姐念完信，眼泪直流，她不晓得要怎么办才好。

她的朋友拿起信来看，也不觉伤心起来，但还勉强劝慰她说：“他不至于死的，这信里也没说他要自杀，不过发了一片牢骚而已。他是恐吓你的，不要紧，过几天，他一定再有信来。”

她还哭着，钟已经打了七下，便对她的朋友说：“今晚上的跳舞会，我懒得去了。我教表哥介绍你给吴先生吧！你们三个人去得了。”

她叫人去请表少爷。表少爷却以为表妹要在客厅里看他所扮的时装，便摇摆着进来。

吴博士看见他打扮得很时髦，脸模很像何小姐。心里想这莫不是何小姐所要介绍的那一位。他不由得进前几步深深地鞠了一躬，问：“这位是……”

辅仁见表妹不在，也不好意思。但见他这样诚恳，不由得到客厅门口的长桌上取了一张名片进来递给他。

他接过去，一看是“前清监生，民国特科俊士，美国乌约克柯蓝卑阿大学特赠博士，前北京市政府特派调查欧美实业专使随员，甄辅仁。”

“久仰，久仰。”

“对不住，我是要去赴化装跳舞会的，所以扮出这个怪样来，取笑，取笑。”

“岂敢，岂敢。美得很。”

知识分子是一个社会的良知。一个国家或社会有着一群有强烈正义感与勇气的知识分子，将是抵制邪恶黑爪的利剑。读完《三博士》，我们禁不住要问：什么样的知识分子才是一个社会的良知？

归途

◇◇◇

许地山的思想在20世纪30年代发生了较大的转变，但作为他人生观主体之一的人道主义始终没有削弱，而且他的人道主义是超阶级的、平民的，渗透的是对被迫害、被侮辱的弱小者的同情，表现的是他们被黑暗现实欺压、不得温饱、没有自由、没有尊严、在生活的漩涡里的痛苦挣扎。《归途》展示了一个变态的世界，一个罪恶丛生的世界，在这个世界里，平民被剥夺了生的权利。小说中的“她”苦苦地挣扎过，想尽各种办法要活着，然而就连这样卑微的愿望都不能实现，最后走上了一条毁灭他人也自我毁灭的道路。对于这样一个扭曲、侵害人性的世界，许地山发出了愤怒的呼号，表达了他对底层人民命运的深切关注和同情。

她坐在厅上一条板凳上头，一手支颐，在那里纳闷。这是一家佣工介绍所。已经过了糖瓜祭灶的日子，所有候工的女人们都已回家了，唯独她在介绍所里借住了二十几天，没有人雇她，反欠下媒婆王姥姥十几吊钱。姥姥从街上回来，她还坐在那里，动也不动一下，好像不理会的样子。

王姥姥走到厅上，把买来的年货放在桌上，一面把她的围脖取下来，然后坐下，喘几口气。她对那女人说："我说，大嫂，后天就是年初一，个人得打个人的主意了。你打算怎么办呢？你可不能在我这儿过年，我想你还是先回老家，等过了元宵再来吧！"

她蓦然听见王姥姥这些话，全身直像被冷水浇过一样，话也说不出来。停了半晌，眼眶

一红，才说："我还该你的钱呐。我身边一个大子也没有，怎能回家呢？若不然，谁不想回家？我已经十一二年没回家了。我出门的时候，我的大妞儿才五岁，这么些年没见面，她爹死，她也不知道，论理我早就该回家看看。无奈……"她的喉咙受不了伤心的冲击，至终不能把她的话说完，只把泪和涕来补足她所要表示的意思。

王姥姥虽想撵她，只为十几吊钱的债权关系，怕她一去不回头，所以也不十分压迫她。她到里间，把身子倒在冷炕上头，继续地流她的苦泪。净哭是不成的，她总得想法子。她爬起来，在炕边拿过小包袱来，打开，翻翻那几件破衣服。在前几年，当她随着丈夫在河南一个地方的营盘当差的时候，也曾有过好几件皮袄。自从编遣的命令一下，凡是受编遣的就得为他的职业拼命。她的丈夫在郑州那一仗，也随着那位总指挥亡于阵上。败军的眷属在逃亡的时候自然不能多带行李。她好容易把少些细软带在身边，日子就靠着零当整卖这样过去。现在她什么都没有了，只剩下当日丈夫所用的一把小手枪和两颗枪子。许久她就想着把它卖出去，只是得不到相当的人来买。此外还有丈夫剩下的一件军装大氅和一顶三块瓦式的破皮帽。那大氅也就是她的被窝，在严寒时节，一刻也离不了它。她自然不敢教人看见她有一把小手枪，拿出来看一会，赶快地又藏在那件破大氅的口袋里头。小包袱里只剩下几件破衣服，卖也卖不得，吃也吃不得。她叹了一声，把它们包好，仍旧支着下巴颚纳闷。

黄昏到了，她还坐在那冷屋里头。王姥姥正在明间做晚饭，忽然门外来了一个男人。看他穿的那件镶红边的蓝大褂，可以知道他是附近一所公寓的听差。那人进了屋里，对王姥姥说："今晚九点左右去一个。"

"谁要呀？"王姥姥问。

"陈科长。"那人回答。

"那么，还是找鸾喜去吧。"

"谁都成，可别误了。"他说着，就出门去了。

她在屋里听见外边要一个人，心里暗喜说，天爷到底不绝人的生路，在这时期还留给她一个吃饭的机会。她走出来，对王姥姥说："姥姥，让我去吧。"

"你哪儿成呀？"王姥姥冷笑着回答她。

"为什么不成呀？"

"你还不明白吗？人家要上炕的。"

"怎样上炕呢？"

"说是呢！你一点也不明白！"王姥姥笑着在她的耳边如此如彼解释了些话语，然后说："你就要，也没有好衣服穿呀。就是有好衣服穿，你也得想想你的年纪。"

她很失望地走回屋里。拿起她那缺角的镜子到窗边自己照着。可不是！她的两鬓已显出很多白发，不用说额上的皱纹，就是颧骨也突出来像悬崖一样了。她不过是四十二三岁人，在

外面随军，被风霜磨尽她的容光，黑滑的鬏髻早已剪掉，剩下的只有满头短乱的头发。剪发在这地方只是太太、少奶、小姐们的时装，她虽然也当过使唤人的太太，可是要给人佣工，这样的装扮就很不合适，这也许是她找不着主的缘故吧。

王姥姥吃完晚饭就出门找人去了。姥姥那套咬耳朵的话倒启示了她一个新意见。她拿着那条冻成一片薄板样的面布，到明间白炉子上坐着的那盆热水烫了一下。她回到屋里，把自己的脸均匀地擦了一回，瘦脸果然白净了许多。她打开炕边一个小木匣，拿起一把缺齿的木梳，拢拢头发。脂粉也没了，只剩下些少填满了匣子的四个犄角。她拿出匣子里的东西，用一根簪子把那些不很白的剩粉剔下来，倒在手上，然后往脸上抹。果然还有三分姿色，她的心略微开了。她出门口去偷偷地把人家刚贴上的春联撕了一块，又到明间把灯罩积着的煤烟刮下来。她蘸湿了红纸来涂两腮和嘴唇，用煤烟和着一些头油把两鬓和眼眉都涂黑了。这一来，已有了六七分姿色。心里想着她蛮可以做“上炕”的活。

王姥姥回来了。她赶紧迎出来，问她，她好看不好看。王姥姥大笑说：“这不是老妖精出现吗！”

“难看吗？”

“难看倒不难看，可是我得找一个五六十岁的人来配你。哪儿找去？就是有老头儿，多半也是要大姑娘的，我劝你死心吧，你就是倒下去，也没人要。”

她很失望地回到屋里来，两行热泪直滚出来，滴在炕席上不久就凝结了。没廉耻的事情，若不是为饥寒所迫，谁愿意干呢？若不是年纪大一点，她自然也会做那些买卖。

她披着那件破大氅，躺在炕上，左思右想，总得不着一个解决的方法。夜长梦短，她只睁着眼睛等天亮。

二十九那天早晨，她也没吃什么，把她丈夫留下的那顶破皮帽戴上，又穿上那件大氅，乍一看来，可像一个中年男子。她对王姥姥说：“无论如何，我今天总得想个法子得一点钱来还你。我还有一两件东西可以当当，出去一下就回来。”王姥姥也没盘问她要当的是什么东西，就满口答应了她。

她到大街上一间当铺去，问伙计说：“我有一件军装，您柜上当不当呀？”

“什么军装？”

“新式的小手枪。”

她说时从口袋里掏出那把手枪来。掌柜的看见她掏枪，吓得赶紧往柜下躲。她说：“别怕，我是一个女人，这是我丈夫留下的，明天是年初一，我又等钱使，您就当周全我，当几块钱使使吧。”

伙计和掌柜的看她并不像强盗，接过手枪来看看。他们在铁槛里唧唧咕咕地商议了一会。最后由掌柜的把枪交回她，说："这东西柜上可不敢当。现在四城的军警查得严，万一教他们知道了，我们还要担干系。你拿回去吧。你拿着这个，可得小心。"掌柜的是个好人，才肯这样地告诉她，不然他早已按警铃叫巡警了。无论她怎样求，这买卖，柜上总不敢做，她没奈何只得垂着头出来。幸而她旁边没有暗探和别人，所以没有人注意。

她从一条街走过一条街，进过好几家当铺也没有当成。她也有一点害怕了。一件危险的军器藏在口袋里，当又当不出去，万一给人知道，可了不得。但是没钱，怎好意思回到介绍所去见王姥姥呢？她一面走一面想，最后决心地说，不如先回家再说吧。她的村庄只离西直门四十里地，走路半天就可以到。她到西四牌楼，还进过一家当铺，还是当不出去，不由得带着失望出了西直门。

她走到高亮桥上，站了一会。在北京，人都知道有两道桥是穷人的去路，犯法的到天桥去，活腻了的到高亮桥来。那时正午刚过，天本来就阴暗，中间又飘了些雪花，桥的水都冻了。在河当中，流水隐约地在薄冰底下流着。她想着，不站了吧，还是往前走好些。她有了主意，因为她想起那十二年未见面的大妞儿现在已到出门的时候了，不如回家替她找个主儿，一来得些财礼，二来也省得累赘。一身无挂碍，要往前走也方便些。自她丈夫被调到郑州以后，两年来就没有信寄回乡下。

家里的光景如何？女儿的前程怎样？她自都不晓得。可是她自打定了回家嫁女儿的主意以后，好像前途上又为她露出了一点光明，她于是带着希望在向着家乡的一条小路走着。

雪下大了。荒凉的小道上，只有她低着头慢慢地走，心里想着她的计划。迎面来了一个青年妇人，好像是赶进城买年货的。她戴着一顶宝蓝色的帽子，帽上还安上一片孔雀翎，穿上一件桃色的长棉袍，脚底下穿着时式的红绣鞋。这青年妇女从她身边闪过去，招得她回头直望着她。她心里想，多么漂亮的衣服呢，若是她的大妞儿有这样一套衣服，那就是她的嫁妆了。然而她哪里有钱去买这样时样的衣服呢？她心里自己问着，眼睛直盯在那女人的身上。那女人已经离开她四五十步远近，再拐一个弯就要看不见了。她看四围一个人也没有，想着不如抢了她的，带回家给大妞儿做头面。这个念头一起来，使她不由回头追上前去，用粗厉的声音喝着：“大姑娘，站住！你那件衣服借我使使吧。”那女人回头看见她手里拿着枪，恍惚是个军人，早已害怕得话都说不出来，想要跑，

腿又不听使，她只得站住，问：“你要什么？”

“我什么都不要。快把衣服、帽子、鞋都脱下来，身上有钱都得交出来，手镯、戒指、耳环，都得交我。不然，我就打死你。快快，你若是嚷出来，我可不饶你。”那女人看见四围一个人也没有，嚷出来又怕那强盗真个把她打死，不得已便照她所要求的一样一样交出来。她把衣服和财物一起卷起来，取下大氅的腰带束上，往北飞跑。那女人所有的一切东西都给剥光了，身上只剩下一套单衣裤。她坐在树根上直打哆嗦，差不多过了二十分钟才有一个骑驴的人从那道上经过。女人见有人来，这才嚷救命。驴儿停止了。那人下驴，看见她穿着一身单衣裤。问明因由，便仗着义气说：“大嫂，你别伤心，我替你去把东西追回来。”他把自己披着的老羊皮筒脱下来扔给她，“你先披着这个吧，我骑着驴去追她，一会儿就回来。那兔强盗一定走得不很远，我一会就回来，你放心吧。”他说着，鞭着小驴便往前跑。

她已经过了大钟寺，气喘喘地冒着雪在小道上窜。后面有人追来，直嚷：“站住，站住！”她回头看看，理会是来追她的人，心里想着不得了，非与他拼命不可。她于是拿出小手枪来，指着他说：“别来，看我打死你。”她实在也不晓得要怎么办，姑且把枪比仿着。驴上的人本来是赶脚的，他的年纪才二十一二岁，血气正强，看见她拿出枪来，一点也不害怕，反说："瞧你，我没见过这么小的枪。你是从市场里的玩意铺买来瞎蒙人，我才不怕呐。你快把人家的东西交给我吧，不然，我就把你捆上，送司令部，枪毙你。"

她听着一面往后退，但驴上的人节节迫近前，她正在急的时候，手指一攀，无情的枪子正穿过那人的左胸，那人从驴背掉下来，一声不响，软软地瘫在地上。这是她第一次开枪，也没瞄准，怎么就打中了！她几乎不信那驴夫是死了，她觉得那枪的响声并不大，真像孩子们所玩的一样，她慌得把枪扔在地上，急急地走近前，摸那驴夫胸口，"呀，了不得！"她惊慌地嚷出来，看着她的手满都是血。

她用那驴夫衣角擦净她的手，赶紧把驴拉过来，把刚才抢得的东西夹上驴背，使劲一鞭，又往北飞跑。

一刻钟又过去了。这里坐在树底下披着老羊皮的少妇直等着那驴夫回来。一个剃头匠挑着担子来到跟前。他也是从城里来，要回家过年去。一看见路边坐着的那个女人，便问："你不是刘家的新娘子吗？怎么大雪天坐在这里？"女人对他说刚才在这里遇着强盗。把那强盗穿的什么衣服，什么样子，一一地告诉了他。她又告诉他本是要到新街口去买些年货，身边有五块现洋，都给抢走了。

这剃头匠本是她邻村的人，知道她新近才做新娘子。她的婆婆欺负她外家没人，过门不久便虐待她到不堪的地步。因为要过新年，才许她穿戴上那套做新娘时的衣帽，交给她五块钱，叫她进城买东西。她把钱丢了，自然交不了差，所以剃头匠便也仗着义气，允许上前追盗去。他说：“你别着急，我去看看到底是怎么一回事。”他说着，把担子放在女人身边，飞跑着往北去了。

剃头匠走到刚才驴夫丧命的地方，看见地下躺着一个人。他俯着身子，摇一摇那尸体，惊惶地嚷着：“打死人了！闹人命了！”他还是往前追，从田间的便道上赶上来一个巡警。郊外的巡警本来就很少见，这一次可碰巧了。巡警下了斜坡，看见地下死一个人，心里断定是前头跑着的那人干的事。他于是大声喝着：“站住，往哪里跑呢，你？”

他蓦然听见有人在后面叫，回头看是个巡警，就住了脚，巡警说：“你打死人，还往哪里跑？”

“不是我打死的，我是追强盗的。”

“你就是强盗，还追谁呀？得，跟我到派出所回话去。”巡警要把他带走。他多方地分辩也不能教巡警相信他。

他说：“南边还有一个大嫂在树底下等着呢，我是剃头匠，我的担子还搁在那里呢，你不信，跟我去看看。”

巡警不同他去追贼，反把他抓住，说：“你别废话了，你就是现行犯，我亲眼看着，你还赖什么？跟我走吧。”他一定要把剃头的带走。剃头匠便求他说：“难道我空手就能打死人吗？您当官明理，也可以知道我不是凶手。我又不抢他的东西，我为什么打死他呀？”

“哼，你空手？你不会把枪扔掉的？我知道你们有什么冤仇呢？反正你得到所里分会去。”巡警忽然看见离尸体不远处有一把浮现在雪上的小手枪，于是进前去，用法绳把它拴起来，回头向那人说：“这不就是你的枪吗？还有什么可说吗？”他不容分诉，便把剃头匠带往西去。

这抢东西的女人，骑在驴上飞跑着，不觉过了清华园三四里地。她想着后面一定会有人来追，于是下了驴，使劲给它一鞭。空驴往北一直地跑，不一会就不见了，她抱着那卷赃物，上了斜坡，穿入那四围满是稠密的杉松的墓田里。在坟堆后面歇着，她慢慢地打开那件桃色的长袍，看看那宝蓝色孔雀翎帽，心里想着若是给大妞儿穿上，必定是很时样。她又拿起手镯和戒指等物来看，虽是银的，可是手工很好，绝不是新打的。正在翻弄，忽然像感触到什么一样，她盯着那银镯子，像是以前见过的花样。那不是她的嫁妆吗？她越看越真，果然是她二十多年前出嫁时陪嫁的东西，因为那镯上有一个记号是她从前做下的。但是怎么流落在那女人手上呢？这个疑问很容易使她想那女人莫不就是她的女儿。那东西自来就放在家里，当时随丈夫出门的时候，婆婆不让多带东西，公公喜欢热闹，把大妞儿留在身边。不到几年两位老亲相继去世。大妞儿由她的婶婶抚养着，总有五六年的光景。

她越回想越着急。莫不是就抢了自己的大妞儿？这事她必要根究到底。她想着若带回家去，万一就是她女儿的东西，那又多么难为情。她本是为女儿才做这事来，自不能叫女儿知道这段事情。想来想去，不如送回原来抢她的地方。

她又往南，紧紧地走。路上还是行人稀少，走到方才打死的驴夫那里，她的心惊跳得很厉害，那时雪下得很大，几乎把尸首淹没了一半。她想万一有人来，认得她，又怎么办呢？想到这里，又要回头往北走。踌躇了很久，最终把她那件男装大氅和皮帽子脱下来一起扔掉，恢复她本来的面目，带着那些东西往南迈步。

她原是要把东西放在树下过一夜，希望等到明天，能够遇见原主回来，再假说是从地下捡起来的。不料她刚到树下，就见那青年的妇人还躺在那里，身边放着一件老羊皮和一挑剃头担子，她不明白是什么意思，只想着这个可给她一个机会去认认那女人是不是她的大妞儿。她不顾一切把东西放在一边，进前几步，去摇那女人。那时天已经黑了，幸而雪光映着，还可以辨别远近。她怎么也不能把那女人摇醒，想着莫不是冻僵了？她捡起羊皮给她盖上。当她的手摸到那女人的脖子的时候，触着一样东西，拿起来看，原来是一把剃刀。这可了不得，怎么就抹了脖子啦！她抱着她的脖子也不顾得害怕，从雪光中看见那副清秀的脸庞，虽然认不得，可有七八分像她初嫁时的模样。她想起大妞儿的左脚有个骈趾，于是把那尸体的袜子除掉，试摸着看。可不是！她放声哭起来，"儿呀""命呀"，杂乱地喊着。人已死了，虽然夜里没有行人，也怕人听见她哭，不由得把声止住。

东村稀落的爆竹断续地响，把这除夕在凄凉的情境中送掉。无声的银雪还是飞满天地，老不停止。

第二天就是元旦，巡警领着检察官从北来。他们验过驴夫的尸，带着那剃头的来到树下。巡警在昨晚上就没把剃头匠放出来，也没来过这里，所以那女人用剃刀抹脖子的事情，他们都不知道。

他们到树底下，看见剃头担子还放在那里，已被雪埋了一二寸。那边一个四十多岁的女人搂着那剃头匠所说被劫的新娘子。雪几乎把她们埋没了。巡警进前摇她们，发现两个人的脖子上都有刀痕。在积雪底下搜出一把剃刀。新娘子的桃色长袍仍旧穿得好好的，宝蓝色孔雀翎帽仍旧戴着，红绣鞋仍旧穿着。在不远地方的雪堆里，拣出一顶破皮帽，一件灰色的破大氅。一班在场的人们都莫名其妙，面面相看，静默了许久。

文中女主人公捡的衣饰恰恰是自己亲生女儿的，如何理解作者安排的这一“巧合”的情节设定？

解放者

小说选取战争作为背景，反映了作家对社会现实的关注和同情。小说围绕便衣警察绍慈营救红色革命者陈邦秀展开。陈邦秀与契默和尚的对话，侧面反映了革命中存在的问题以及投机分子对革命的利用和破坏，反映了革命斗争的复杂性。小说人物形象鲜明：绍慈是一个善良的人，对人、对事都充满悲悯情怀；陈邦秀对革命事业保有热情，公私分明，对绍慈的帮助始终充满感激；陈邦秀的丈夫世雄胆小、贪婪、毫无担当、投机钻营，为了个人私利甚至阻碍革命活动。契默和尚的性格则更为复杂：亦善亦恶，无情却也有情，他的复杂性格与当时的社会环境有密切的关系。

大碗居前的露店每坐满了车夫和小贩。尤其在早晚和晌午三个时辰，连窗户外也没有一个空座。绍慈也不知到哪里去。

他注意个个往来的人，可是人都不注意他。在窗户底下，他喝着豆粥抽着烟，眼睛不住地看着往来的行人，好像在侦察什么案情一样。

他原是武清的警察，因为办事认真，局长把他荐到这城里来试当一名便衣警察。看他清秀的面庞，合度的身材，听他温雅的言辞，就知道他过去的身世。有人说他是世家子弟，因为某种事故，流落在北方，不得已才去当警察。站岗的生活，他已度过八九年，在这期间，把他本来的面目改变了不少。便衣警察是他的新任务，对于应做的侦察事情自然都要学习。

大碗居里头靠近窗户的座，与外头绍慈所占的只隔一片纸窗。那里对坐着男女二人，一面吃，一面谈，几乎忘记了他们在什么地方。因为街道上没有什么新鲜的事情，绍慈就转过头来偷听窗户里头的谈话。他听见那男子说："世雄简直没当你是人。你原先为什么跟他在一起？"那女子说："说来话长。我们是旧式婚姻，你不知道吗？"他说："我一向不知道你们的事，只听世雄说他见过你一件男子所送的东西，知道你曾有过爱人，但你始终没说出是谁。"

这谈话引起了绍慈的注意。从那二位的声音听来，他觉得像是在什么地方曾经认识的人。他从窗纸上的小玻璃往里偷看一下。原来那男子是离武清不远一个小镇的大悲院的住持契默和尚。那女子却是县立小学的教员。契默穿的是平常的蓝布长袍；头上没戴什么，虽露光头，却也显不出是个出家人的模样。大概他一进城便当还俗吧。那女教员头上梳着琶琶头，灰布袍子，虽不入时，倒还优雅。绍慈在县城当差的时候常见着她，知道她的名字叫陈邦秀。她也常见绍慈在街上站岗，但没有打过交涉，也不知道他的名字。

绍慈含着烟卷，听他们说下去。只听邦秀接着说："不错，我是藏着些男子所给的东西，不过他不是我的爱人。"她说时，微叹了一下。契默还往下问。她说："那人已经不在了。他是我小时候的朋友，不，宁可说是我的恩人。今天已经讲开，我索性就把原委告诉你。"

"我原是一个孤女，原籍广东，哪一县可记不清了。在我七岁那年，被我的伯父卖给一个人家。女主人是个鸦片鬼，她睡觉的时候要我捶腿搔背，醒时又要我打烟泡，做点心，一不如意便是一顿毒打。那样的生活过了三四年。我在那家，既不晓得寻死，也不能够求生，真是痛苦极了。有一天，她又把我虐待到不堪的地步，幸亏前院同居有位方少爷，趁着她在床上沉睡的时候，把我带到他老师陈老师那里。我们一直就到轮船上，因为那时陈老师正要上京当小京官，陈老师本来知道我的来历，任从方少爷怎样请求，他总觉得不妥当，不敢应许我跟着他走。幸而船上敲了钟，送客的人都纷纷下船，方少爷忙把一个小包递给我，杂在人丛中下了船。陈老师不得已才把我留在船上，说到香港再打电报叫人来带我回去。一到香港就接到方家来电请陈老师收留我。"

“陈老师、陈师母和我三个人到北京不久，就接到方老爷来信说加倍赔了人家的钱，还把我的身契寄了来。我感激到万分，很尽心地伺候他们。他们俩年纪很大，还没子女，觉得我很不错，就把我的身契烧掉，认我做女儿。我进了几年学堂，在家又有人教导，所以学业进步得很快。可惜我高小还没毕业，武昌就起了革命。我们全家匆匆出京，回到广东，知道那位方老爷在高州当知县，因为办事公正，当地的劣绅地痞很恨恶他。在当时的背景下，方老爷一家被迫害，不幸去世。”

绍慈听到这里，眼眶一红，不觉泪珠乱滴。他一向很心慈，每听见或看见可怜的事情，常要掉泪。他尽力约束他的情感，还镇定地听下去。

契默像没理会那惨事，还接下去问：“那方少爷也被害了吗？”

“他多半是死了。等到革命风潮稍微平定，我义父和我便去访寻方家人的遗体，但都已被毁灭掉，只得折回省城。方少爷原先给我那包东西是几件他穿过的衣服，预备给我在道上穿的。还有一个小绣花笔袋，带着两支铅笔。因为我小时看见铅笔每觉得很新鲜，所以他送给我玩。衣服我已穿破了，唯独那笔袋和铅笔还留着，那就是世雄所疑惑的‘爱人赠品’。”

“我们住在广州，义父没事情做，义母在民国三年去世了。我那时在师范学校念书。义父因为我已近成年，他自己也渐次老弱，急要给我择婿。我当时虽不愿意，只为厚恩在身，不便说出一个‘不’字。由于辗转的介绍，世雄便成为我的未婚夫。那时他在陆军学校，还没有现在这样荒唐，故此也没觉得他的可恶。在师范学校的末一年，我义父也去世了。那时我感到人海茫茫，举目无亲，所以在毕业礼行过以后，随着便行婚礼。”

“你们在初时一定过得很美满了。”

“不过很短很短的时期，以后就越来越不成了。我对于他，他对于我，都是半斤八两，一样地互相敷衍。”

“那还成吗？天天挨着这样虚伪的生活。”

“他在军队里，蛮性越发发展，有三言两语不对劲，甚至动手动脚，打踢辱骂，无所不至。若不是因为还有更重大的事业没办完的缘故，好几次我真想了结了我自己的生命。幸而他常在军队里，回家的时候不多。但他一回家，我便知道又是打败仗逃回来了。他一向没打胜仗：打惠州，做了逃兵；打韶州，做了逃兵；打南雄，又做了逃兵。他是临财无不得，临功无不居，临阵无不逃的武人。后来，人都知道他的伎俩，军官

当不了，在家闲住着好些时候。那时我在党里已有些地位，他央求我介绍他，又很诚恳地要求同志们派他来做现在的事情。”

“看来他是一个投机家，对于现在的事业也未见得能忠实地做下去。”

“可不是吗！只怪同志们都受他欺骗，把这么重要的一个机关交在他手里。我越来越觉得他靠不住，时常晓以大义。所以大吵大闹的戏剧，一个月得演好几回。”

那和尚沉吟了一会，才说：“我这才明白。可是你们俩不和，对于我们事业的前途，难免不会发生障碍。”

她说：“请你放心，他那一方面，我不敢保。我呢？私情是私情。公事是公事，决不像他那么不负责任。”

绍慈听到这里，好像感触了什么，不知不觉间就站了起来。他本坐在长板凳的一头，那一头是另一个人坐着。站起来的时候，他忘记告诉那人预防着，猛然把那人摔倒在地上。他手拿着的茶杯也摔碎了，满头面都浇湿了。绍慈忙把那人扶起，赔了过失，张罗了一刻工夫。等到事情办清以后，在大碗居里头谈话的那两人已不知去向。

他虽然很着急，却也无可奈何，仍旧坐下，从口袋里取出那本用了二十多年的小册子，写了好些字在上头。他那本小册子实在不能叫作日记，只能叫作大事记。因为他有时距离好几个月，也不写一个字在上头，有时一写就是好几页。

在繁忙的公务中，绍慈又度过四五个星期的生活。他总没忘掉那天在大碗居所听见的事情，立定主意要去侦察一下。

那天一清早他便提着一个小包袱，向着沙锅门那条路走。他走到三里河，正遇着一群羊堵住去路，不由得站在一边等着。羊群过去了一会，来了一个人，抱着一只小羊羔，一面跑，一面骂前头赶羊的伙计走得太快。绍慈想着那小羊羔必定是在道上新产生下来的。它的弱小可怜的声音打动他的恻隐之心，便上前问那人卖不卖，那人因为他给的价很高，也就卖给他，但告诉他没哺过乳的小东西是养不活的，最好是宰来吃。绍慈说他有主意，抱着小羊羔，雇着一辆洋车拉他到大街上，买了一个奶瓶，一个热水壶和一匣代乳粉。他在车上，心里回忆幼年时代与所认识的那个女孩子玩着一对小兔，她曾说过小羊更好玩。假如现在能够见着她，一同和小羊羔玩，那就快活极了。他很开心，走过好几条街，小羊羔不断地在怀里叫。经过一家饭馆，他进去找一个座坐下，要了一壶开水，把乳粉和好，慢慢地喂它。他自己也觉得有一点饿，便要了几张饼。他正在等着，随手取了一张前几天的报纸来看。在一个不重要的篇幅上，登载着女教员陈邦秀被捕，同党的领袖在逃的新闻。匆忙地吃了东西，他便出城去了。

他到城外，雇了一匹牲口，把包袱背在背上，两手抱着小羊羔，急急地走，在驴鸣犬吠中经过许多村落。他心里一会惊疑陈邦秀所犯的案，那在逃的领袖到底是谁？一会又想起早间在城门洞所见那群羊被一只老羊领导着到一条死路去，一会又回忆他的幼年生活。他听人说过沙碛里的狼群出来猎食的时候，常有一只体力超群、经验丰富的老狼领导着。为求食的缘故，经验少和体力弱的群狼自然得跟着它。可见在生活中，都是依赖的分子，随着一两个领袖在那里瞎跑，幸则生，不幸则死。生死多是不自立不自知的。狼的领袖是带着群狼去抢掠，羊的领袖是领着群羊去送死。

不知不觉又到一条村外，绍慈下驴，进入柿子园里。村道上那匹白骡昂着头，好像望着那在长空变幻的薄云，篱边那只黄狗闭着眼睛，好像品味着那在蔓草中哀鸣的小虫，树上的柿子映着晚霞，显得格外灿烂。绍慈的叫驴自在地向那草原上去找它的粮。他自己却是一手抱着小羊羔，一手拿着乳瓶，在树下坐着慢慢地喂。等到人畜的困乏都减轻了，他再骑上牲口离开那地方，顷刻间又走了十几里路。那时夕阳还披在山头，地上的人影却长得比无常鬼更为可怕。

走到离县城还有几十里的那个小镇，天已黑了。绍慈于是到他每常歇脚的大悲院去。大悲院原是镇外一所私庙，不过好些年没有和尚。到两三年前才有一位外来的和尚契默来做住持。那和尚的来历很不清楚，戒牒上写的是泉州开元寺，但他很不像是到过那城的人。绍慈原先不知道其中的情形，到早晨看见陈邦秀被捕的新闻，才怀疑契默也是个党人。契默认识很多官厅的人员，绍慈也是其中之一，不过比较别人往来得亲密一点。这大概是因为绍慈的知识很好，契默与他谈得很相投，很希望引他为同志。

绍慈一进禅房，契默便迎出来，说："绍先生，久违了。走路来的吗？听说您高升了。"他回答说："我离开县城已经半年了。现住在北京，没有什么事。"他把小羊羔放在地下，对契默说，"这是早晨在道上买的。我不忍见它生下不久便做了人家的盘里的肴馔，想养活它。"契默说："您真心慈，您来当和尚倒很合适。"绍慈见羊羔在地下尽管咩咩地叫，话也谈得不畅快，不得已又把它抱起来，放在怀里。它也像婴儿一样，有人抱就不响了。

绍慈问："这几天有什么新闻没有？"

契默很镇定地回答说："没有什么。"

"没有什么！我早晨见一张旧报纸说什么党员运动起事，因泄漏了机关，被逮了好些人，其中还有一位陈邦秀教习，有这事吗？"

"哦，您问的是政治。不错，我也听说来，听说陈教习还押到县衙门里，其余的人都已枪毙了。"他接着问，"大概您也是为这事来的吧？"

绍慈说："不，我不是为公事，只是回来取些东西，在道上才知道这件事情。陈教习是个好人，我也认得她。"

契默听见他说认识邦秀，便想利用他到县里去营救一下，可是不便说明，只说："那陈教习的确是个好人。"

绍慈故意问："师父，您怎样认得她呢？"

“出家人哪一流的人不认得？小僧向她曾化过几回缘，她很虔心，头一次就题上二十元，以后进城去拜施主，小僧必要去见见她。”

“听说她丈夫很不好，您去，不会叫他把您撵出来吗？”

“她的先生不常在家，小僧也不到她家去，只到学校去。”他于是信口开河，说，“现在她犯了案，小僧知道一定是受别人的拖累。若是有人替她出来找找门路，也许可以出来。”

“您想有什么法子？”

“您明白，左不过是钱。”

“没钱呢？”

“没钱，势力也成，面子也成，像您的面子就够大的，要保，准可以把她保出来。”

绍慈沉吟了一会，便摇头说：“我的面子不成，官厅拿人，一向有老例——只有错拿，没有错放，保也是白保。”

“您的心顶慈悲的，救人一命，胜造七级浮屠，一只小羊羔您都搭救，何况是一个人？”

“有能救她的道儿，我自然得走。明天我一早进城去相机办理吧。我今天走了一天，累得很，要早一点歇歇。”他说着，伸伸懒腰，打个哈欠，站立起来。

契默说：“西院已有人住着，就请在这厢房凑合一晚吧。”

“随便哪里都成，明儿一早见。”绍慈说着抱住小羊羔便到指定给他的房间去。他把卧具安排停当，又拿出那本小册子记上几行。

夜深了，下弦的月已升到天中，绍慈躺在床上，断续的梦屡在枕边绕着。从西院送出不清晰的对谈声音，更使他不能安然睡去。

西院的客人中有一个说：“原先议决的是在这两区先后举行。世雄和那区的主任意见不对。他恐怕那边先成功，于自己的地位有些妨碍，于是多方阻止他们。那边也有许多人要当领袖，也怕他们的功劳被世雄埋没了，于是相持了两三个星期。前几天，警察忽然把县里的机关包围起来，搜出许多文件，逮了许多人，事前世雄已经知道。他不敢去把那些机要的文件收藏起来，由着几位同志在那里干。他们正在毁灭文件的时候，人就来逮了。世雄的住所，警察也侦查出来了。当警察拍门的时候，世雄还没逃走。你知道他房后本有一条可以容得一个人爬进去的阴沟，一直通到护城河去。他不叫邦秀进去，因为她不能爬，身体又宽大。若是她也爬进去，沟口没有人掩盖，更容易被人发觉。假使不用掩盖，那沟不但两个人不能并爬，并且只能前进，不能退后。假如邦秀在前，那么宽大的身子，到了半道若过不去，岂不要把两个人都活埋在里头？若她在后，万一爬得慢些，终要被人发现。所以世雄说，不如教邦秀装作不相干的女人，大大方方出去开门。但是很不幸，她一开门，警察便拥进去，把她绑起来，问她世雄在什么地方，她没说出来。警察搜了一回，没看出什么痕迹，便把她带走。”

“我很替世雄惭愧。堂堂的男子，大难临头还要一个弱女子替他。你知道他往哪里去吗？”这是契默的声音。

那人回答说：“不知道，大概不会走远了，也许过几天会逃到这里来。城里这空气已经不那么紧张，所以他不至于再遇见什么危险，不过邦秀每晚被提到衙门去受秘密的审问，听说十个手指头都已夹坏了，只怕她受不了，一起供出来，那时，连你也免不了，你得预备着。”

“我不怕。我信得过她决不会说出任何人。肉刑是她从小尝惯的家常便饭。”

他们谈到这里，忽然记起厢房里歇着一位警察，便止住了。契默走到绍慈窗下，叫“绍先生，绍先生”。绍慈想不回答，又怕他们怀疑，便低声应了一下。契默说：“他们在西院谈话把您吵醒了吧？”

他回答说："不，当巡警的本来一叫便醒，天快亮了吧？"契默说："早着呢，您请睡吧，等到时候，再请您起来。"

他听见那几个人的脚音向屋里去，不消说也是幸免的同志们，契默也自回到他的禅房去了，庭院的月光带着一丫松影贴在纸窗上头。绍慈在枕上，瞪着眼，耳鼓里的音响，与荒草中的虫声混在一起。

第二天一早，契默便来央求绍慈到县里去，想法子把邦秀救出来。他掏出一沓钞票递给绍慈，说："请您把这二百元带着，到衙门里短不了使钱。这都是陈教习历来的布施，现在我仍拿出来用回她身上。”

绍慈知道那钱是要送他的意思，便郑重地说：“我一辈子没使人家的黑钱，也不愿意给人家黑钱使。为陈教习的事，万一要钱，我也可以想法子，请您收回去吧。您不要疑惑我不帮忙，若是人家冤屈了她，就使丢了我的性命，我也要把她救出来。”

他整理了行装，把小羊羔放在契默给他预备的一个筐子里，便出了庙门。走不到十里路，经过一个长潭，岸边的芦花已经半白了。他沿着岸边的小道走到一棵柳树底下歇歇，把小羊羔放下，拿出手巾擦汗。在张望的时候，无意中看见岸边的草丛里有一个人躺着。他近前一看，原来就是邦秀。他叫了一声：“陈教习。”她没答应。摇摇她，她才懒慵慵地睁开眼睛。她没看出是谁，开口便说：“我饿得很，走不动了。”话还没有说完，眼睛早又闭起来了。绍慈见她的头发散披在地上，脸上一点血色也没有。穿一件薄呢长袍，也是破烂不堪的，皮鞋上满沾着泥土，手上的伤痕还没结疤。那可怜的模样，实在难以形容。

绍慈到树下把水壶的塞子拔掉，和了一壶乳粉，端来灌在她口里。过了两三刻钟，她的精神渐次恢复回来。在注目看着绍慈以后，她反惊慌起来。她不知道绍慈已经不是县里的警察，以为他是来捉拿她。心头一急，站起来，蹶秧鸡一样，飞快地钻进苇丛里。绍慈见她这样慌张，也急得在后面嚷着“别怕，别怕”。她哪里肯出来，越钻越进去，连影儿也看不见了。绍慈发愣一会，才追进去，口里嚷着“救人，救人！”这话在邦秀耳里，便是“揪人，揪人！”她当然越发要藏得密些。

一会儿苇丛里的喊声也停住了。邦秀从那边躲躲藏藏地蹑出来。当头来了一个人，问她：“方才喊救人的是您吗？”她见是一个过路人，也就不害怕了。她说：“我没听见，我在这里头解手来的。请问这里离前头镇上还有多远？”那人说：“不远了，还有七里多地。”她问了方向，道一声“劳驾”，便急急迈步。那人还在那周围找寻，沿着岸边又找回去。

邦秀到大悲院门前，正赶上没人在那里，她怕庙里有别人，便装作叫化婆，嚷着“化一个啵”，契默认得她的声音，赶紧出来，说：“快进来，没有人在里头。”她随着契默到西院一间小屋子里。契默说：“你得改装，不然逃不了。”他于是拿剃刀来把她的头发刮得光光的，为她穿上僧袍，俨然是一个出家人的模样。

契默问她出狱的因由，她说是与一群狱卒串通，在天快亮的时候，私自放她逃走。她随着一帮赶集的人们急急出了城，向着大悲院这条路上一气走了二十多里。好几天挨饿受刑的人，自然当不起跋涉，到了一个潭边，再也不能动弹了。她怕人认出来，就到苇子里躲着歇歇，没想到一躺下，就昏睡过去。又说在道上遇见县里的警察来追，她认得其中一个是绍慈，于是拼命钻进苇子里，经过很久才逃脱出来。契默于是把早晨托绍慈到县营救她的话告诉了一番，又教她歇歇，他去给她预备饭。

好几点钟在平静的空气中过去了，庙门口忽然来了一个人，提着一个筐子，上面有大悲院的记号，问当家和尚说："这筐子是你们这里的吗？"契默认得那是早晨给绍慈盛小羊羔的筐子，知道出了事，便说："是这里的，早晨是绍老总借去使的，你在哪里把它捡起来的呢？"那人说："他淹死啦！这是在柳树底下捡的。我们也不知是谁，有人认得字，说是这里的。你去看看吧，官免不了要验，你总得去回话。"契默说："我自然得去看看。"他进去给邦秀说了，教她好好藏着，便同那人走了。

过了四五点钟的工夫，已是黄昏时候，契默才回来。西院里昨晚谈话的人们都已走了，只剩下邦秀一个人在那里。契默一进来，对着她摇摇头说："可惜，可惜！"邦秀问："怎么样了？"他说："你知道绍慈巡警是什么人？他就是你的小朋友方少爷！"邦秀"呀"了一声，站立起来。

契默从口袋掏出一本湿气还没去掉的小册子，对她说："我先把情形说完，再念这里头的话给你听。他大概是怕你投水，所以向水边走。他不提防在草丛里踏着一个深水坑，全身掉在里头翻不过身来，就淹死了。我到那里，人们已经把他的尸身捞起来，可还放在原地。苇子里没有道，也没有站的地方，所以没有围着看热闹的人，只有七八个人远远站着。我到尸体跟前，见这本日记露出来，取下来看了一两页。知道记的是你和他的事情，趁着没人看见，便放在口袋里，等了许久，官还没来。一会来了一个人说验官今天不来了，于是大家才散开。我在道上一面走，一面翻着看。”

他翻出一页，指给邦秀说：“你看，这段说他在革命时候怎样逃命和怎样改的姓。”邦秀细细地看了一遍以后，他又翻过一页来，说，“这段说他上北方来找你没找着。在流落到无可奈何的时候，才去当警察。”

她拿着那本日记细看了一遍，哭得一句话也说不出来。停了许久，才抽抽噎噎地对契默说：“这都是想不到的事。在县城里，我几乎天天见着他，只恨两年来没有同他说过一句话，他从前给我的东西，这次也被没收了。”

契默也很伤感，同情的泪不觉滴下来。他勉强地说："看开一点吧！这本就是他最后留给你的东西了。不，他还有一只小羊羔呢！"他才想起那只可怜的小动物，也许还在长潭边的树下，但也有被人拿去剥皮的可能。

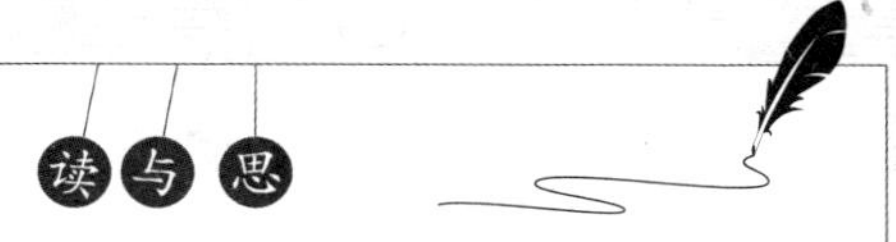

许地山能够站在妇女的立场，对她们所遭受的不幸表示同情，最后提出只有妇女的自我斗争，才是她们获得彻底解放的根本途径。因此，在许地山的有些作品中，女性总是有着同封建家庭、黑暗的社会进行顽强抗争的形象。读完作品，请你结合具体情节和作家刻画人物的手法，分析陈邦秀这一人物形象。另外，许地山的小说始终贯穿着"爱"的主题，他说："人的行动，若仔细分析，少有不含宗教色彩的。"请你结合具体情节，分析绍慈这个人物如何体现"爱"的主题？

许地山

朴实无华的奉献者

许地山，1893年2月3日生于我国台湾台南，字地山，笔名落华生，籍贯广东揭阳，中国现代著名小说家、散文家，“五四”时期新文学运动先驱者之一。

许地山出身于中国台湾一个爱国志士家庭。其父许南英（1855—1917）在1895年日军侵占台湾时曾率义军抵抗。许南英能诗文、善书画，道德文章自律甚严，对子女更是言传身教。

1913年，许地山受聘到缅甸仰光华侨创办的中华学校任职。两年的海外生活，他的思想受到一定影响，后来，他创作的不少作品都取材于此。

1915年12月，许地山回国，住在漳州大岸顶，后在漳州华兴英中学任教（校长）。

1917年，他重回省立二师，并兼任附小主事。

1917年，许地山以优异成绩考入北平私立汇文大学（北平私立汇文大学、通州协和大学、华北协和女子大学于1919年合并，改名燕京大学），学会多种外文和方言，并经常和瞿秋白、郑振铎、耿济之等人在一起谈论时政，寻求真理，探索改造社会、振兴中华的道路。他们在北京青年会图书馆编辑《新社会》旬刊，宣传革命思想，发表新文学作品。

1921年1月，许地山和沈雁冰、叶圣陶、郑振铎、周作人等12人成立文学研究会，创办《小说月报》。许地山以"落华生"为笔名在刊物上发表了第一篇小说《命命鸟》，小说写了一对缅甸青年男女在封建礼教的束缚下的爱情悲剧，在读者中产生强烈共鸣。他从此开始了文学创作生涯。

1922年2月10日，许地山在《小说月报》上发表的短篇小说《缀网劳蛛》，为其早期的代表作。小说表达了作者对吃人的封建礼教的愤懑之情，并给予深刻的批判，充分显示"五四"时期新文学反帝反封建的民主主义精神。

1922年8月，许地山与梁实秋、谢婉莹等到美国纽约哥伦比亚大学研究院哲学系学习。1924年获文学硕士学位，并以"研究生"资格进入英国牛津大学曼斯菲尔德学院研究宗教史、印度哲学、梵文、人类学及民俗学，两年后又获牛津大学研究院文学学士学位。

1921年到1926年是许地山的第一次创作高潮期。这期间，他的12篇短篇小说结集为《缀网劳蛛》; 44篇小品散文，由商务印书馆以《空山灵雨》为书名出版。脍炙人口的《落花生》，以童年时期漳州生活为背景，明确主张做人要像花生，“因为他是有用的，不是伟大、好看的东西”。

1927年许地山学成回国后，在燕京大学文学院和宗教学院任教。与此同时，许地山致力于文学创作，并写了不少宗教论著，如《大藏经索引》《道教思想与道教》《道教史》(上卷)《云笈七签校异》《摩尼之二宗三际论》等，并着手编纂《道教辞典》。其学术成就，学界有口皆碑。

抗战期间，许地山作为一名热爱祖国的作家，奔走呼号，宣传抗日。然而，却受当时燕京大学校长司徒雷登的排挤而被解聘。后避居香港，被聘为香港大学文学院主任教授。

许地山在香港大学任教期间，在改革教育、教学的同时，积极从事社会教育和文化活动。他积极提倡改良中小学课程，建议教育当局创办香港中小学教师讨论会，并担任香港中小学教员暑期讨论班主任以及多所中小学校董。对香港的文化教育事业做出不少贡献，受到各界人士好评，曾被选为香港中英文化协会主席。

1937年“七七”事变后，许地山更是义无反顾地投身抗日救亡运动。他走出书斋，四处奔波，发表文章、演讲，帮助流亡青年学生补习文化课，还在报刊上发表了《“七七”感言》《造成伟大民族的条件》等杂文，宣传抗战，反对投降。在上海沦入日寇铁蹄之下时，著名作家郑振铎冒险收藏了3300多本明、清时代的刊本、抄本，打算转移到香港。许地山得知后，为了中华民族的文化遗产不被敌人掠走，毅然答应帮助寄存。

1938年3月，许地山和郭沫若、茅盾、巴金、夏衍等45人，当选为在汉口成立的“中华全国文艺界抗敌协会”的理事。当时大批文化人与青年学生流亡到香港，成立了“中华全国文艺界抗敌协会香港会员通讯处”，许地山任常务理事兼总务。他写了长篇论文《国粹与国学》，在当时影响很大。他还写了抗日小说《铁鱼的鳃》，作品通过主人公的不幸遭遇，表达了人民坚持抗战的信念，受到文艺界的极大好评，被认为是中国小说界不可多得的作品。

许地山的早期小说取材独特，情节奇特，想象丰富，呈现出浓郁的地方色彩和异域情调。他虽在执着地探索人生的意义，却又表现出玄想成分和宗教色彩。20世纪20年代末后所写的小说，保持着清新的格调，但已转向对群众切实的描写和对黑暗现实的批判，写得苍劲而坚实，《春桃》和《铁鱼的鳃》便是这一转向的代表作。他的创作并不丰硕，但在文坛上独树一帜。小说、散文等文学作品结集出版的有短篇小说集《缀网劳蛛》《危巢坠简》，散文集《空山灵雨》，小说、剧本集《解放者》《杂感集》，论著《印度文学》《道教史》（上卷），以及《许地山选集》《许地山文集》等。

他从一开始创作，就站在弱者的角度审视社会乃至身边所发生的一切。一方面，他忖身推人，同情弱者，以此决定了他的情感色彩是现实的；另一方面，他以亲身所感、所睹之社会不平而萌发改变现状之愿望，试图为这腐败的社会寻求一条到达光明的道路。因此，由其进入宗教的角度和动机可以感到：许地山是有感于人类的不平和人生的黑暗才走入宗教的。

许地山的出世恰恰是为了入世，他那建立在现实苦难之上的宗教情绪，本质上是一种忧患意识。许地山尽管熟谙佛道经典，却从来不想避世隐居，始终把改造社会、拯救人类作为自己的奋斗目标。

“天行健，君子以自强不息”，这一简单朴素的信条贯穿了许地山的一生。其作品既表现了他对佛教文化的体悟和阐释，同时也集合了他对基督教文化、道教文化乃至现实主义文化的多重思考和体悟。接受佛学的虚空观，不是导向现实人生的否定和是非观念的泯灭，而是承认局限，敞开自我，拥抱世界。

许地山年表

- 1893年2月3日，出生于中国台湾省台南府城南门外延平郡王祠（郑成功祠）一侧的“窥园”。名赞堃，字地山，笔名落华生（古时“华”同“花”，所以也叫落花生），在家中六个兄弟中排行第四。
- 1894年，中日甲午战争爆发。1895年，其父许南英任台南“团练局”（后改为筹防局）统领，率兵两营，随民族英雄刘永福扼守台南，抵抗日寇入侵。
- 1895年，清政府签订丧权辱国的《马关条约》，中国台湾被迫割让给日本。许地山随父母离开台南，落户于福建龙溪（今漳州）。
- 1896年，入私塾，从吴献堂先生发蒙。

- 1897年，因吴献堂先生回汕头，改从徐展云先生学。同年，父许南英受任广东知县，举家迁居广州兴隆坊。
- 1903年，因徐展云先生病故，改从倪玉笙先生学。
- 1904年，随父迁居阳江，入阳江真道小学读书，课余仍从倪玉笙先生学。
- 1905年，进广东“韶武讲习所”学习。课余仍从倪玉笙先生学。
- 1906年，因倪玉笙先生病故，改从韩贡三先生学，始读经史。是年入广州“随宦学堂”读书。
- 1910年，毕业于“随宦学堂”。
- 1911年，辛亥革命爆发。父许南英出任漳州革命政府民事局局长，未久，退居海澄县。
- 1912年，在漳州福建省立第二师范学校担任教员。课余撰《荔枝谱》，但未发表。
- 1913年，赴缅甸仰光，在华侨办的中华中学、共和中学任教。
- 1915年底，回国。

• 1916年，在福建漳州华兴英中学任教，并加入闽南“基督教伦敦会”，有志于宗教比较学的研究。

• 1917年，任福建省立第二师范学校教员。后考入北平私立汇文大学读书，暑假后北上。

• 1919年，北平私立汇文大学、通州协和大学、华北协和女子大学合并，改名燕京大学。在燕京大学文学院就读。“五四”运动爆发后，积极投入运动。与郑振铎、瞿秋白、瞿世英、耿济之等创办《新社会》旬刊。

• 1920年，从燕京大学文学院毕业，获文学学士学位。又入燕京大学宗教学院深造。先后在《新社会》上发表文章9篇:《女子的服饰》《柏拉图的共和国》《我对于译名为什么要用注音字母》《社会科学的研究法》《十九世纪两大社会学家的女子观》《劳动的究竟》《劳动的威仪》《“五一”与“五四”》。5月，《新社会》被查禁。8月，许地山等创办《人道》月刊，仅出一期。

• 1921年1月，新文学社团“文学研究会”成立，许地山为12位发起人之一，并参与创办《小说月报》。1月，处女作短篇小说《命命鸟》在《小说月报》上发表。随后陆续发表

《商人妇》《换巢鸾凤》《黄昏后》等小说，均使用笔名“落华生”。同时发表译文《在加尔各答途中》(泰戈尔作)。又参加《小说月报》创作讨论，发表文章《创作的三宝和鉴赏的四依》。同年，成立“燕京大学文学研究会”，与瞿世英同为发起人。又与郑振铎等组织“泰戈尔研究会”。

同年8月，编著《语体文法大纲》出版。

• 1922年，任燕京大学宗教学院助教，讲授《中国古代宗教史》。任文学院助教，代替周作人为冰心所在班级上课。短篇小说《缀网劳蛛》在2月发表于《小说月报》，为其早期代表作。

同年4—8月，在《小说月报》上连载小品散文《空山灵雨》，连同《东方杂志》上的《爱流汐涨》，共44篇，为“五四”运动以来其最初成册的小品散文集。

同年，发表《宗教的生长与灭亡》《我对于〈孔雀东南飞〉的提议》《古希伯莱诗的特质》《粤讴在文学上的地位》等论文4篇。同年，从燕京大学宗教学院毕业。

• 1923年4月，发表论文《我们要什么样的宗教》。

同年4—5月，连续发表书信体短篇小说《无法投递之邮件》。

- 1923年6月，为瞿秋白《赤湖曲》谱曲。

同年8月，在上海乘船赴美国留学。途中与冰心、梁实秋、顾一樵等四人合办舟次壁报《海啸》。发表新诗《女人我很爱你》，短篇小说《海事间》《海角的孤星》《醍醐天女》。

同年9月，入美国纽约哥伦比亚大学宗教研究院研究宗教史与宗教比较学。

- 1924年2月，受顾一樵《芝兰与茉莉》启发，创作《读〈芝兰与茉莉〉因而想及我的祖母》，这是一篇充满其故乡风情的小说。发表新诗《看我》。

同年3月，发表短篇小说《枯杨生花》，新诗《情书》《邮筒》《做诗》。

同年5月，发表短篇小说《读〈芝兰与茉莉〉因而想及我的祖母》，发表新诗《月泪》。

同年6月，发表"带音乐的故事"《可交的蝙蝠和伶俐的金丝鸟》。

同年7月，获哥伦比亚大学文学硕士学位。

同年9月，转入英国牛津大学曼斯菲尔德学院。

同年10月，曾以《道家思想与道教》参加秋季在伦敦大学举办的“帝国宗教大会”，此文收入《帝国的宗教》一书。

- 1925年，继续在牛津大学从事研究工作。被同学戏称为“牛津书虫”。为挚友郑振铎赴大英博物馆搜集敦煌风俗史料。

同年1月，短篇小说集《缀网劳蛛》由商务印书馆出版，收录作品12篇，被列入“文学研究会丛书”。

同年5月，发表译作《月歌》。

同年6月，小品散文集《空山灵雨》由商务印书馆出版，收录作品44篇，被列入“文学研究会丛书”。

同年7月，发表论文《中国文学所受的印度伊兰文学的影响》。

- 1926年，获牛津大学文学学士和宗教学学士双学位。

同年9月，在《小说月报》上发表独幕剧《狐仙》与粤讴形式的新诗《牛津大学公园早行》。

同年10月，取海路回国，去印度大学作短期考察访问。专程去圣蒂尼克坦拜访印度“诗圣”泰戈尔。泰戈尔赠白色瓷像，并建议他编撰《梵文字典》，其为中印文化交流先驱。

- 1927年，回国后在母校燕京大学文学院任助教。专心于文学创作和宗教比较学研究。

同年1月，发表随笔《中国美术家的责任》。

同年2月，发表新诗《我的病人》。

同年，发表论文《道家思想与道教》《梵剧体例及其在汉剧上的点点滴滴》《大乘佛教之发展》(连载)。

同年11月，原收录于《缀网劳蛛》的《无法投递之邮件》出版单行本。

- 1928年，任燕京大学文学院、宗教学院副教授，并在北京大学兼教印度哲学，在清华大学兼教人类学。

同年，业余翻译《孟加拉民间故事》22篇。

同年11—12月，发表短篇小说《在费总理的客厅里》，发表论文《陈那以前中观派与瑜伽派之“因明”》，发表散文《欧美名人的爱恋生活》。

- 1929年11月，《孟加拉民间故事》由商务印书馆出版，发表论文《大中磬刻文时代管见》。

同年12月，发表论文《燕京大学校址小史》《近三百年来印度文学概观》。

- 1930年，擢升燕京大学教授。兼教于北京大学、清华大学及北京师范大学。空闲时间搜集古书影印本和照片，并制作大量卡片，打算编写《中国服装史》。又搜集不少古钱币，准备编写《压胜钱谱》。

同年10月，专著《印度文学》由商务印书馆出版，被列入"万有文库"第一集。

同年11月，沈从文《论落华生》发表，为许地山研究的第一篇专论。

- 1931年，仍在燕京大学任教。教学之余，潜心撰写《道教史》。

同年1月，发表译作《主人，把我的琵琶拿去吧》，发表散文《乐圣斐德芬的恋爱故事》。

同年4月，编著《达衷集——鸦片战争前中英交涉史料》，由商务印书馆出版。

同年6月，发表短篇小说《归途》。

- 1932年，对道教的重要著作《云笈七签》做精心校勘，正其谬误，撰写《云笈七签校异》一书。为深入研究道教史做准备。同时着手编写工具书《道教辞典》。

- 1933年3月，研究佛教经典《大藏经》之大型工具书《佛藏子目引得》(三册，与洪业等人合编)，由燕京大学图书馆引得社印行。

同年4月，小说戏剧集《解放者》出版。

同年6月，父许南英诗词集《窥园留草》由其中国台湾同乡资助，许地山自费出版。书中收录了许地山所撰的《窥园先生诗传》。

同年8月，由许地山作词、译词的歌曲集《初中模范唱歌教科书》出版。

同年10月，发表短篇小说《女儿心》。

同年为青岛私立圣功女子中学作校歌歌词。

- 1934年1月，发表短篇小说《人非人》。

同年6月，论著《道教史》(上卷)出版。是许地山宗教研究的重要成果。

同年赴印度途中创作短篇小说《春桃》，于7月发表，是人们一致称道的现实主义杰作。

同年10月，茅盾《落华生论》发表，是许地山研究之重要专论。

同年11月，发表论文《观音崇拜之由来》。

同年12月，发表杂文《上景山》。

• 1935年1月，发表译作《二十夜间》(印度民间故事)。后又翻译《太阳的下降》，发表杂文《先农坛》。

• 1935年2月，对北京大学学生讲《造成伟大民族的条件》。

同年4月，发表《序〈野鸽的话〉》。

同年5—8月，发表论文《近三百年来的中国女装》。

同年3月，阿英(钱杏邨)的《现代十六家小品》一书出版，对许地山的《空山灵雨》做了专题评论。

同年11月2日，在香港大学举行的鲁迅追悼会上，做题为《鲁迅先生对于中国新文学之贡献》的演讲。

• 1937年3月，率“香港大学广西考察团”赴梧州、南宁、柳州、桂林考察。

同年4月，在香港大学做“桂游感想”的演讲。

同年5月，协助徐悲鸿在香港大学举办个人作品展览。

同年“七七”事变发生，许地山积极投入抗日救亡运动。

同年与林语堂、郑振铎、汤用彤、简又文等组织“中国非常时期高等教育维持会”。

同年12月，筹划多时的“中国古物展览会”在香港大学举办。

• 1938年3月，“中华全国文艺界抗敌协会”在汉口成立。

同年4月，出席第二次“文艺座谈会”，并讲述“抗战中文写作应取的方针”。

同年6月，发表旧体诗《二七年六月我空军轰敌长江捷报飞来喜而赋此》。

同年7月，发表英文稿《武训》。

同年10月，发表杂文《关于鲁迅先生纪念会的“不守时刻”》。

同年11月，发表独幕话剧《女国士》。

• 1939年，仍任职香港大学。业余时间准备《梵文字典》的编纂工作，并着手撰写《扶箕迷信的研究》一书。

同年3月，“中华全国文艺界抗敌协会香港分会”（香港文协）成立。与楼适夷、戴望舒、叶灵风等9人被推选为常务理事。此后连续三年担任理事兼总务之职，团结广大文艺工作者从事抗日救亡运动。

同年5月，香港“中英文化协会”成立，被推选为主席。

同年7月，“香港新文字学会”成立，被推选为理事。曾举办语文讲座，讲解《中国文字的将来》等专题。

同年9月，与简又文、陆丹林、叶浅予、欧阳予倩、胡春冰、李应林等发起成立“中国文化协进会”，被推选为理事，后任常务委员会委员，并兼该会举办的“文化讲座”讲师。

同年12月，“中国电影教育协会香港分会”成立，被推选为理事。

同年发表的各种体裁作品有：论文《一年来的香港教育及其展望》《怡情文学与养性文学》[1]《中国思想中对于战争的态

---

[1] 为大华烈士编译之小说集《硬汉》所作序言。

度》；中篇小说《玉官》（连载）；旧体诗《题南注公手迹》（并序）《面壁齐稿·题徐悲鸿柳间双鹊图》《面壁齐稿·仲琴先生五十初度敬献拙句为寿》《面壁齐稿·为雷竺笙先社会功能题张大千检书看剑轩图》；杂文《"七七"感言》《忆卢沟桥》《一封公开的信》《国庆日所立的愿望》。

- 1940年，仍任职于香港大学。在繁重的教学工作之余，着手编纂《道教史》之工具书——《道藏子目通检》。在弟子李镜池的协助下，将一千余册道藏及辑要的子目，制成三万多张卡片，历时一年多，完稿后交香港商务印书馆发排。

- 1941年，仍任职于香港大学。本年发表自传《我的童年》。

同年1月，发表论文《民国一世——三千年来我国礼俗变迁的简略回顾》《香港与九龙租借地史地探略》。

同年2月，发表短篇小说《铁鱼的鳃》。发表不久，即为郁达夫转载于新加坡《华侨周报》，并称之为"坚实细致的小说"。

同年3—5月，发表文章《香港史地探略》《香港考古述略》《青年节对青年讲话》。

同年6—8月，发表发表童话《萤灯》（连载）、《桃金娘》（连载）。

同年8月4日下午2时，许地山心脏病复发，猝然与世长辞，终年49岁。